LA VERA FORTUNA

Il vero amore #1

ANYTA SUNDAY

Traduzione di
ELORIEE

Prima pubblicazione nel 2019 di Anyta Sunday,
Casella di posta: Bürogemeinschaft ATP24, Am Treptower Park 24,
12435 Berlin, Germany

Una pubblicazione di Anyta Sunday
http://www.anytasunday.com

ISBN 978-3-947909-09-4

Copertina: Natasha Snow

Alpha Reader: *Sunne Manello*
Content e Line Editor della Prima Edizione: *Lenore DiTrani*
Line Editor della Seconda Edizione: HJS Editing

Traduzione italiana di Eloriee
@Triskell Translation Service

I personaggi di questo libro sono frutto dell'immaginazione e ogni
somiglianza a persone reali, vive o morte, è puramente casuale.

Questo libro contiene scene di sesso esplicito.

Capitolo Uno

B irra. Dolce e fresca con un retrogusto aspro.

Non si poteva chiedere di meglio dalla vita.

L'ultimo sorso scivolò giù a meraviglia lungo la gola di Benjamin Otto, che chiuse gli occhi e respirò il calore pigro dell'estate, tagliando fuori la cacofonia dei compagni di corso che chiacchieravano dell'ultima lezione di Scienze Politiche e dei lavori che avevano trovato per i tre mesi di vacanza imminenti.

Il prato dell'Università Libera di Berlino gli fece da cuscino mentre sorrideva e si sdraiava all'indietro. Il suo piano per l'estate era rilassarsi all'aria aperta, godersi il sole e giocare a calcio con chiunque fosse disponibile.

«Ehi.»

Ben riaprì gli occhi. Il suo amico Marco gli stava sventolando un cellulare davanti alla faccia.

«Sono usciti i risultati,» lo informò e gli assestò un pugno sulla spalla. «Sei nervoso?»

Con uno sbadiglio, Ben si rimise a sedere e appoggiò di lato la bottiglia vuota. Il silenzio scese sui suoi dodici compagni che consultavano i telefoni con le labbra incurvate in sorrisi speranzosi. Perfino Sebastian smise di leggere *La Teoria del Tutto in Politica* e afferrò il cellulare.

«Nervoso?» mormorò Ben stiracchiandosi. La maglietta dei Tepid Creek gli si sollevò sulla vita, e lui ne lisciò il tessuto morbido verso il basso. «No, in realtà.»

Aveva scritto una relazione per il concorso di Scienze Politiche tanto per tenere compagnia a suo fratello minore che si arrabattava con i compiti. Aveva addirittura corrotto Thomas perché partecipasse. Un'ora più tardi, Ben aveva finito di buttare giù duemila parole. Se aveva vinto, bene. In caso contrario, pazienza.

Attraverso il cortile, Thomas si stava dirigendo verso di loro a passo di carica con un sorriso malizioso. «Ragazzi,» li chiamò, agitando una mano. «Ho recuperato una dozzina di biglietti a metà prezzo per il Pine Breeze Festival di questo fine settimana. Chi ne vuole uno?»

Il Pine Breeze era una figata. Lui e Marco si erano assicurati i biglietti da mesi. Si diedero il cinque mentre i compagni frugavano nelle borse alla ricerca dei portafogli e ringraziavano Thomas a gran voce.

A poca distanza, Sebastian stava sbirciando dentro il suo. «Devo controllare il calendario. Sono quasi certo di essere impegnato,» disse a Thomas chiudendo di scatto il portafoglio, il pomo d'Adamo in rilievo mentre deglutiva.

«Ce l'hai fatta!» L'urlo di Marco fece trasalire Ben. «Hai vinto il primo premio. Sono cinquecento bigliettoni. E Thomas come schiavetto per un giorno intero.»

«Oh, giusto,» replicò lui, accettando la pacca sulla spalla e ricambiando con una ancora più forte. «Grandioso.»

Tutti si congratularono. «Thomas se l'è proprio cercata, stavolta!» commentò Elena, la bambolina del gruppo, e passò un'altra birra a Ben.

Thomas replicò: «L'ho visto scrivere quella relazione. Sul serio, un'ora a battere sui tasti come un forsennato e aveva finito. Non avrebbe mai dovuto vincere. È il ragazzo più fortunato del campus!»

Lui rise e bevve un sorso, sbirciando da sopra la bottiglia Sebastian, che fissava il telefono con aria corrucciata, la frangia scura a coprirgli un occhio.

Ben spostò lo sguardo su Thomas che sventolava gli ultimi biglietti.

A voce bassa chiese a Marco: «Perché Seb mi odia?»

«Non ti odia. È frustrato. Irritato. Ed è comprensibile.»

«Che vuoi dire?»

«Andiamo, amico. È arrivato secondo. Arriva sempre secondo dietro di te.»

«Certo, è fastidioso, ma...»

«È probabile che gli servisse vincere più che a te,»

continuò Marco, senza guardare Sebastian. «Lascia che se la prenda. Piuttosto, come pensi di spendere il tuo premio?»

Ben bevve un lungo sorso di birra. Non scivolava più giù a meraviglia. «Non ne sono ancora sicuro,» rispose, con un'idea che già prendeva forma nella sua mente. Balzò in piedi e buttò le bottiglie vuote nel cestino aperto, poi ne portò una piena a Thomas.

«Ehi,» lo chiamò, indicandogli il tronco di una quercia. Si appoggiò alla corteccia ruvida e tirò fuori il portafoglio di pelle dalla tasca.

«Sei venuto a gongolare?» gli domandò lui con finto cipiglio.

«Sono venuto per quei biglietti.»

Thomas osservò la mazzetta di euro che stava tirando fuori. «Non ne ho più così tanti.»

«Restituisci i soldi a chi te li ha dati. Offro io.» Gli mise in mano le banconote e lanciò uno sguardo da sopra la spalla a Sebastian, che aveva il naso affondato in un libro di testo. «Assicurati di dare un biglietto a tutti.»

Ben batté il pugno contro quello con Nico, il suo fratellino di nove anni, sotto il tavolo da pranzo. Con i capelli biondo scuro, gli occhi grigi e un naso bello dritto,

Nico era una versione più giovane di lui. «Il massimo dei voti?» domandò. «Fenomenale.»

«Perché mi hai aiutato.»

«Non più di tanto.» Si era limitato a snocciolare qualche commento sugli antichi Egizi.

Il padre si unì a loro, sedendosi a capotavola, e osservò lo spazio vuoto di fronte a sé come faceva ogni giorno da quando la loro madre se n'era andata... quasi tre anni prima.

«Com'è stata la vostra giornata, ragazzi?» Aveva un modo di fare rude, pragmatico.

Ben raddrizzò la schiena. Suo padre era un uomo d'affari scaltro ed estremamente intelligente che non concedeva molti sorrisi, ma lui sapeva come strappargliene uno. «L'ultimo giorno di un altro semestre eccellente. Grazie ai miei geni fortunati, prendere il massimo dei voti è stata una passeggiata.»

Si aspettava un sorriso fiero, invece dovette accontentarsi di un mormorio d'assenso.

«Una relazione che ho buttato giù in meno di un'ora ha vinto il primo premio.»

Ancora niente sorriso, anzi, la mascella si era irrigidita.

Ben si agitò sulla sedia rivestita di velluto. Suo padre prese un altro boccone di cotoletta e continuò a fissare il posto vuoto mentre masticava. «Hai un talento naturale, Ben, e sono lieto che tu abbia preso il massimo dei voti.»

Lieto? Perché sentiva che c'era un "ma" in arrivo?

«Ma,» ed eccolo lì, «ho parlato con Anya oggi.»

«Com'è la Francia?» chiese lui. In genere vivevano per metà con un genitore e per metà con l'altro, però al momento sua madre era via per affari per sei mesi. Ben aveva preferito restare con suo padre e Nico, invece di andare a folleggiare a Parigi. Poteva prendere il sole e giocare a calcio lì come da qualsiasi altra parte.

Per di più, il suo festival preferito era in Germania. E, quell'anno, l'intero corso di Scienze Politiche ci sarebbe andato. Si mordicchiò il labbro per trattenere un sorriso. Lo attendeva un'estate strepitosa.

La sedia strisciò sul pavimento di marmo lucido quando suo padre si scostò dal tavolo e incrociò le braccia sul petto. «Che programmi hai per le vacanze, figliolo?»

Ben si riscosse dalle fantasticherie sul festival e lanciò un'occhiata a Nico, che scrollò le spalle. «Pensavo di restare a Berlino.»

«A fare cosa? Che lavoro hai intenzione di cercare?»

«Lavoro?» Cominciò a ridere, ma smise subito perché il padre lo fissava sbattendo le palpebre. Sul serio? Un lavoro? Avevano più soldi di quanti ne avrebbe mai potuto spendere.

«Io e tua madre abbiamo discusso a lungo per telefono della tua situazione.»

«Quale situazione?»

«Sei un ragazzo fortunato. Sei cresciuto senza alcuna preoccupazione. Hai avuto la migliore delle istruzioni.

Paghiamo per i tuoi studi e per i tuoi svaghi. Non hai mai dovuto aspettare Natale o il tuo compleanno. Hai sempre tutto ciò che desideri all'istante.»

«E ve ne sono grato...»

«Ma è ora che impari cosa significa cavarsela da soli.»

«Come, scusa?»

«Avremmo dovuto insegnarti cosa vuol dire fare dei sacrifici. Assumersi delle responsabilità.»

A Ben non piaceva affatto la piega che stava prendendo la conversazione. Il miraggio di mattinate pigre e giornate da trascorrere al sole scemava a ogni battito del suo cuore. «Papà, ho quasi vent'anni. Sono un adulto.»

«Che vive ancora sotto il mio tetto e spende i miei soldi.»

Ben chiuse la bocca e giocherellò con la cena rimasta a metà sul piatto. «Che stai dicendo?»

Il padre aspettò che incrociasse il suo sguardo. «Sto dicendo che ho intenzione di cambiare le cose.»

«Vuoi che lavori per te?»

«Sarebbe troppo facile. Io e tua madre abbiamo preso una decisione diversa. Natale.»

«Natale?» Ben e Nico lo pigolarono all'unisono, scambiandosi un'occhiata inquieta.

«Esatto. Quest'anno è compito tuo tenerlo vivo.» Suo padre tirò fuori dalla tasca un foglio di carta e glielo porse.

«Cos'è?»

«È il costo medio del nostro Natale.»

Ben fissò l'elenco di cifre che ricopriva la pagina. «Cinquemila euro?»

«Già, ed è una tua responsabilità guadagnarli per la famiglia.»

Gli si attorcigliò lo stomaco. «E che succede se non ci riesco?»

«In quel caso dovrai spiegare a tuo fratello perché hai lasciato morire il Natale.»

Quando balzò in piedi, la forchetta gli cadde rumorosamente sul massiccio tavolo di quercia. Nico frignò sottovoce, e Ben gli diede una pacca rassicurante sulla spalla.

«Non è giusto nei suoi confronti. Perché dovrebbe rimetterci lui, se io mando tutto a puttane?»

«Modera i termini, figliolo. Nico è la motivazione che ti occorre. Hai sei mesi.»

Suo padre si alzò e raccolse i piatti, aggiungendo cinque parole che ebbero molta più presa sulla sua fragilità di quanta ne avesse avuta quella stupida sfida. «Rendimi fiero di te, Ben.»

Suo padre gli aveva congelato i conti in banca. I suoi fondi in esaurimento coprivano giusto la benzina e una mezza dozzina di bevute al festival. Avrebbe potuto chiedere un prestito a Marco, se gli fosse servito qualcosa durante il fine settimana, ma non avrebbe risolto il problema.

Distratto, lasciò i suoi amici a ballare e si allontanò dalla musica martellante per trascinarsi fino alla tenda che divideva con Marco. L'avevano piantata vicino al limitare degli alberi per avere un po' d'ombra, e il resto della classe di Scienze Politiche si era accampato da un lato o dall'altro, formando un semicerchio in cui stare in buona compagnia.

Seduto su un tronco solitario di fronte alle tende, Ben fissò la marea di campeggiatori. C'era gente che rideva poco più avanti, beatamente inconsapevole dei suoi problemi. Sospirò e stuzzicò l'etichetta della sua Weissbier, appena sopra al simbolo che indicava che la bottiglia era un vuoto a rendere.

Il rumore di una zip che si apriva lo distolse dai suoi pensieri. Un Sebastian con la faccia impastata dal sonno barcollò fuori dalla tenda singola in fondo, i capelli castani arruffati, il cellulare incollato all'orecchio. La maglietta stropicciata gli si sollevò mentre si stiracchiava e il telefono scivolò da dove lo teneva incastrato contro la spalla. Lui lo riacchiappò a mezz'aria, bloccandolo sulla coscia.

Ben fece un grosso sorriso e strappò una striscia di carta dalla bottiglia. Spinse via il pezzetto che gli si era infilato sotto l'unghia. Forse non avrebbe dovuto staccare l'etichetta: gli servivano gli otto centesimi che avrebbe ricevuto per la restituzione del vetro.

«Comincio a lavorare a tempo pieno in biblioteca la

prossima settimana,» mormorò Sebastian al telefono, porgendogli la schiena. «Quello aiuterà. Cazzo. No, non sarà abbastanza. Troverò una soluzione.» Si girò, le palpebre serrate come se stesse cercando di respirare per superare lo stress della conversazione. «Sto facendo del mio meglio...»

Aprì gli occhi e lo sorprese a fissarlo. Trasalì e rischiò di far cadere il cellulare una seconda volta. Soffocando una risatina, Ben alzò la bottiglia in un cenno amichevole di saluto.

«Già,» continuò il ragazzo, con le guance arrossate. «Devo andare, sorellina.» Si infilò il telefono in tasca.

Ben bevve un paio di sorsi rilassati, nel tempo che Sebastian impiegò a raggiungere il tronco. Diede un calcio leggero a un'estremità, le mani sempre più sprofondate nelle tasche. «Immagino che un grazie sia sufficiente.»

«Grazie?»

Lui indicò tutt'attorno. «Per il biglietto.»

«Non c'è problema.» Almeno non quando l'aveva comprato. Ora come ora stava cercando inutilmente di trovare un lavoro in un periodo in cui nessuno assumeva e le richieste per i tirocini erano chiuse da un pezzo.

Si inumidì le labbra e si alzò in piedi. Sebastian distolse lo sguardo.

«Volevi qualcosa da bere, Seb?»

Lui si schiarì la gola e indietreggiò. «No. Vado...»

Puntò il pollice verso i palchi. «A dopo,» aggiunse e s'incamminò verso il cuore pulsante del festival.

Ben si ributtò a sedere sul tronco. Qual era il problema di Sebastian? Ce l'aveva ancora con lui per il concorso?

Finita la birra, fissò le centinaia – centinaia? – di bottiglie sparse per il campeggio.

Che buffo, non gli era mai venuto in mente di restituire i vuoti. Li aveva sempre gettati via o lasciati per terra perché qualcun altro li raccogliesse. Mezza dozzina di bottiglie di birra a otto centesimi l'una, più tra le quindici e le venti bottiglie d'acqua a venticinque centesimi l'una, facevano quasi sei euro che buttava via ogni settimana.

Sei euro in più di quanto aveva al momento.

Fece scorrere lo sguardo sulle pile di bottiglie abbandonate fuori dalle tende e scosse il capo. Con cinquemila persone accampate all'aperto e che bevevano come spugne, c'erano parecchi soldi lasciati lì per l'impresa di pulizie...

Un attimo.

Se si muoveva in fretta – e se Thomas gli dava una mano e gli prestava il furgone – una dozzina di visite ai supermercati gli avrebbero fatto guadagnare abbastanza per Natale.

Ben afferrò la prima bottiglia e andò dritto da Thomas.

Pilsner. Maibock. Märzen. Schwarzbier. Rauchbier. Ale.

Coca Cola. Sprite.

Acqua.

Bottiglie a profusione.

Rapido ed efficiente, Ben setacciò il campeggio, facendo una cinquantina di viaggi avanti e indietro dal furgone strapieno di Thomas. Un gruppetto di ragazzi aveva reagito con un'alzata di sopracciglia, ma un sorriso aveva convinto quasi chiunque a porgere loro le bottiglie vuote e sorridere di rimando.

Dopo il quarto carico, Ben aveva ringraziato Thomas e l'aveva incoraggiato a tornare a godersi il concerto. Poteva cavarsela da solo. Sapendo che i supermercati Kaiser avevano sette file di macchine raccoglitrici, arraffò i vuoti al doppio della velocità.

Marco si materializzò al suo fianco e gli gettò un braccio attorno alle spalle. Gli rubò di mano la bottiglia che aveva raccolto dall'erba folta all'ingresso del campeggio e indicò i due bustoni quasi pieni appoggiati alla recinzione. «Che diavolo stai combinando?»

«Salvo il Natale.»

«Non so di che parli.»

«È qualcosa che mi ha chiesto di fare papà.»

«Oddio, spero che non sia impazzito come il mio.»

Il padre di Marco scriveva spettacoli natalizi, e ogni dicembre li metteva in scena con la famiglia e i loro migliori amici. Erano dei piccoli eventi. Folli, ma divertenti.

Il padre di Ben, al contrario, aveva tenuto solo la parte folle dell'equazione. «Alla fine di questo weekend potrò tornare ai miei piani originari per l'estate e non preoccuparmi più del Natale.»

«Cavolo, speravo che durante le feste avrei potuto essere io a ridere di *te*.»

Ben riagguantò la bottiglia e ammiccò con le sopracciglia. «Puoi farlo ora.»

Sghignazzando, Marco gli diede una pacca sulla schiena e lo lasciò alla sua raccolta. Di lì a poco, i bustoni furono pieni. Un vento rinfrescante portò alle sue orecchie la musica ritmata, donandogli un carico di energia. Era sulla buona strada per salvare il Natale. La vita scivolava davvero giù a meraviglia come un sorso di birra fresca.

Con i manici di plastica che gli segavano i palmi, Ben arrancò tra gli alberi fino a raggiungere il furgone. Era ora di consegnare il suo tesoro e farla finita.

Le bottiglie di vetro sbatacchiavano le une sulle altre e il profumo dolce degli aghi di pino camuffava la puzza di birra stantia. Gli uccelli volavano nel cielo, e lui guardò in su tra le fronde, dove la luce calda del tramonto filtrava attraverso...

I bustoni volarono per aria e le bottiglie rotolarono sul tappeto di aghi. Ben sbatté la testa contro il terreno irregolare, senza fiato.

«Merda, stai bene?»

«Seb?» gemette e si alzò a carponi, per poi accucciarsi sui talloni. Sentì qualcosa che gli pungolava il sedere e recuperò da sotto di sé un testo di Scienze Politiche dall'aria familiare.

«Mi sono preso una pausa dal festival per studiare un po',» gli spiegò Sebastian, riprendendosi il libro. «Qui c'era silenzio e...» Indicò il sentiero illuminato a tratti dal sole. «Mi sono addormentato. Immagino che tu sia inciampato su una radice e poi sulle mie caviglie.»

Ben si spazzò via gli aghi di pino dalla camicia. «Forse è l'universo che cerca di dirmi qualcosa,» mormorò. «Tipo che era ora che sbattessi il muso.»

Negli occhi di Sebastian – marroni con delle venature verdi al centro – baluginarono curiosità e confusione. «Non ti è mai successo prima?»

«Niente che abbia avuto un vero impatto.»

«Thomas aveva ragione,» commentò lui. Gli tese una mano. «Sei il ragazzo più fortunato del mondo.»

Ben mise il palmo su quello caldo e solido di Sebastian, che lo strinse e tirò. Ben si alzò, il pollice che strofinava nel solco morbido tra le prime due dita dell'altro ragazzo. Nessuno dei due mollò la presa, il che gli fece spuntare un gran sorriso, lo sguardo che indugiava sul labbro che Sebastian stava mordicchiando. «Forse lo sono davvero.»

Al rumore di un ramo spezzato in lontananza, Sebastian lasciò andare la sua mano. Girò sui tacchi, raggiunse le bottiglie e cominciò a rimetterle rapidamente dentro i bustoni.

Ben lo aiutò. «Ti ho offeso in qualche modo?»

Lui ignorò la domanda e indicò i vuoti. «A che ti servono?»

«A raccogliere soldi. Posso farci un bel gruzzoletto questo fine settimana.»

Sebastian si fece sfuggire una risata profonda e roboante, e a Ben vennero i brividi fin dentro allo stomaco. «Tu?» gli sussurrò.

«Che dovrebbe significare?»

«Scusa.» Sebastian puntò lo sguardo sul bosco e scrollò le spalle. «Niente.»

«No, amico, non era niente.»

Lui sospirò. «Credevo che il mondo fosse diverso. Credevo che, a lavorare sodo e fare dei sacrifici, si venisse premiati, ma poi sono finito nella classe di Scienze Politiche con te.»

Ben se lo sentiva ripetere molto spesso. Perché era lui quello fortunato? Perché gli bastava studiare il minimo per prendere il massimo dei voti agli esami, quando chiunque altro doveva farsi il culo?

Aprì la bocca per dire qualcosa, qualsiasi cosa, magari perfino scusarsi, ma la voce di Elena che chiamava il nome di Sebastian lo fece bloccare.

«Ehi,» salutò la ragazza mentre si avvicinava e faceva scorrere lo sguardo su Sebastian. «Ti andrebbe un tuffo nel lago?» Sorrise e giocherellò con il laccio del reggiseno del suo bikini.

Sebastian arrossì e lanciò una rapida occhiata a Ben prima di concentrarsi su di lei. «È carino che ci sia un lago.»

«Già. È una bella camminata da qui.» Elena si accostò furtivamente e lo prese a braccetto. «Ma significa che non ci sarà quasi nessuno.» Gli sorrise di nuovo. «Vuoi venire?»

Ben aveva la netta sensazione di non essere il benvenuto a quell'escursione.

BEN SI PRECIPITÒ AL FURGONE DI THOMAS E ANDÒ A recuperare i soldi il più rapidamente possibile.

Con ottocento euro in più in tasca, si affrettò a tornare al campeggio, afferrò un asciugamano e corse attraverso il bosco finché non trovò quello che cercava.

Setacciò il lago con lo sguardo. Grande quanto un campo da calcio, era circondato dalla vegetazione, intervallata da piccole anse di sabbia. Una dozzina di persone nuotava lungo le sponde. Ben si sfilò i vestiti puzzolenti, li appallottolò alla base di un tronco e si tuffò nell'acqua fresca. Nuotò attorno alle spiaggette alla ricerca di Elena e Sebastian. Attraverso i rami di un albero caduto e semisommerso, li avvistò che prendevano il sole su un pezzetto di riva. Stava per sbucare e annunciare la propria presenza quando Elena parlò.

«Viviamo in un mercato libero,» disse a Sebastian. «Perché non raccogli anche tu le bottiglie?»

Ben si incollò all'albero caduto e li osservò da un varco tra i rami.

Sebastian si tamburellò le dita sullo stomaco. Il sole era basso e diffondeva una luce dorata sul suo corpo. «Non mi sembra giusto. Ben ha avuto l'idea per primo e...»

Elena si puntellò sui gomiti. «Non è il primo a cui è venuto in mente di raccogliere i vuoti per racimolare del denaro. Tra l'altro, ha tutte le fortune del mondo.» Sbuffò. «Anche se è piacevole vederlo sudare un po'.»

«Sì, ma...»

«Fallo,» lo incoraggiò lei. «Ti ha praticamente derubato in quel concorso.»

«Non è vero.» Sebastian sospirò. «È stato più bravo di me, tutto qui.»

«Siete stati bravi tutti e due, e tu ci hai lavorato di più. Se chiedi a me, Ben ha bisogno di imparare cosa significa arrivare secondi.»

La risata di Sebastian suonò priva di allegria. «Non è la migliore delle sensazioni. Non credo che gli piacerebbe.»

Elena si accostò di più a lui, i capelli bagnati sospesi sopra il suo petto. «Penso che una sana dose di realismo gli farebbe bene. Potrei perfino aiutarti, se vuoi.»

«È brutto... Niente, non importa.»

Era brutto cosa? Ben strinse forte la corteccia ruvida.

«No, va' avanti, Bastian. Dillo.»

Il ragazzo si girò su un fianco ed Elena lo imitò. «È brutto sperare che mi veda nello stesso modo in cui io vedo lui?»

Come lo vedeva? A Ben martellava il cuore nel petto. Si spinse più vicino, smuovendo l'acqua.

«Lo capisco,» replicò Elena. «Neppure a me dispiacerebbe che fosse invidioso della mia intelligenza.»

Sebastian si stese di schiena e guardò verso il cielo. «No, non è quello che... Sai che c'è? Mi passerà.»

«Raccogliere quei vuoti a rendere potrebbe aiutarti. Sei venuto in macchina, giusto?»

Ben si tuffò sott'acqua e tornò a nuoto nella direzione da cui era arrivato. Nessuno avrebbe rubato le sue bottiglie e il Natale del suo fratellino.

Non se aveva voce in capitolo.

AL DIAVOLO IL SONNO. BEN CI DIEDE DENTRO PER l'intera nottata riempiendo il furgone e la sua metà della tenda prima di cedere e crollare per un paio d'ore. Marco, pur scuotendo la testa, era stato abbastanza disponibile da condividere il proprio lato. Si stesero accoccolati uno all'altro, le teste che spuntavano all'esterno dall'apertura.

Guardarono in alto, verso il cielo chiaro del mattino.

Marco di sicuro ne conosceva il colore preciso. Celeste o azzurro. Il suo amico era un miscuglio interessante di sportivo e nerd, sensibile e pieno di sé. Avevano chiacchierato per la prima volta su un campo da calcio dopo la prima partita della loro squadra. Marco aveva segnato la rete della vittoria, e Ben ne era rimasto parecchio colpito. Era il miglior goal che avesse visto negli ultimi anni. A Marco era sfuggito di bocca che la luce *zafferano* del tramonto l'aveva quasi accecato, ragion per cui aveva tirato a occhi chiusi.

Al momento aveva una smorfia pensierosa. Prese un respiro.

«Che c'è?» mormorò Ben e si girò su un fianco.

«Spero che domani farai una pausa dalla raccolta di bottiglie per ascoltare i Tepid Creek.»

Lui sospirò. «Certo.» Il suo amico aveva un tarlo che lo rodeva, ne era sicuro. Ma sapeva che gliene avrebbe parlato quando fosse stato pronto. «Buonanotte,» gli disse e puntò lo sguardo in fondo, verso l'ultima tenda, finché le sue palpebre si chiusero e il sonno si impadronì di lui.

La luce del sole, il cinguettio degli uccelli e il tintinnio del vetro lo svegliarono. Si stiracchiò e osservò il campeggio alla rovescia.

Sebastian stava accompagnando Elena alla sua tenda, trascinandosi dietro un grosso zaino da escursionismo. Ben si girò a pancia in giù e li fulminò con un'occhiataccia. Non ci voleva molto a capire cosa ci fosse là dentro!

Tentò di svegliare Marco, ma si beccò un gestaccio assonnato.

«Va' a dormire un po'.» Il sussurro di Sebastian gli arrivò chiarissimo nella quiete del mattino.

«E tu?» domandò Elena, aprendo la cerniera della tenda.

«Io vado in città.»

«Mmh, okay.» La ragazza fece le fusa e gli si spalmò addosso.

Sebastian tirò le cinghie sulle sue spalle e si scostò. «Il mio zaino sta per esplodere,» replicò con una risatina nervosa. «Sarà meglio che lo carichi in macchina.»

Lei si tirò indietro di scatto. «D'accordo. Ci vediamo in giro più tardi, magari.»

«Posso portarti qualcosa?»

Elena sparì oltre l'ingresso della tenda. «Non mi serve niente. Buonanotte. Voglio dire, ciao.» Richiuse la cerniera. Sebastian si passò le dita tra i capelli, spettinandosi la frangia, poi si dileguò oltre le tende e nel bosco.

Ben si mise al volo maglietta e pantaloncini puliti, infilò le scarpe, recuperò le chiavi e si lanciò verso il furgone. Il piano era semplice: avrebbe reso i vuoti raccolti e perlustrato il campeggio per trovarne altri, che avrebbe consegnato insieme a quelli stipati nella tenda e nella sua Audi. Non sarebbe stato difficile procurarsene una bella quantità. Aveva instaurato un buon rapporto con alcuni gruppi di ragazzi. Avrebbe cominciato da loro, per poi addentrarsi nel campeggio.

Appena prima del ponte, a qualche chilometro dal supermercato più vicino, Ben notò la vecchia Honda malconcia di Sebastian a bordo strada. Il traffico era praticamente inesistente, così rallentò e sbirciò dallo specchietto retrovisore. Sebastian aveva il cellulare premuto sull'orecchio.

Forse si era fermato per rispondere a una chiamata. Il che gli dava un certo vantaggio.

Piede sull'acceleratore, Ben raggiunse rapidamente il Kaiser e il Rewe. Alternò un po' i supermercati alla ricerca di quelli con meno coda.

Quaranta minuti più tardi, soldi in mano, tornò indietro verso il festival. Attraversò il ponte e rallentò per la seconda volta. La Honda era ancora ferma sul ciglio della strada e Sebastian era seduto con la portiera mezza aperta.

Che diavolo... Ben fece inversione a U e parcheggiò dietro di lui. «Seb?» lo chiamò, scendendo dall'auto.

Il ragazzo balzò fuori dall'abitacolo. «Che ci fai qui?» Era un tipo sveglio. Sapeva perché Ben era in giro, e il modo in cui gli si accasciarono le spalle ne fu la conferma.

Ben si fermò a qualche passo da lui e appoggiò il gomito alla Honda. «Che succede?»

«Sto aspettando l'assistenza stradale.» Sebastian diede una pacca sulla carrozzeria con un sospiro. «Mi è morta.»

«Posso dare uno sguardo? Magari riesco a resuscitarla.»

Sebastian inclinò il capo, gli occhi marrone scuro che indagavano nei suoi. «Sono anni che sta morendo, continua a tenere duro meglio che può perché ho bisogno di lei.»

Ben gli girò attorno e aprì il cofano. Non ne capiva molto di automobili, ma sapeva che quella non aveva un bell'aspetto. Controllò il livello del liquido refrigerante e studiò le cinghie e i tubicini logori. «Spero che non ti serva poi così tanto.»

Sebastian comparve nel suo campo visivo. «Eh sì. Devo accompagnare mia nipote alla Margot-Hof tutte le mattine. Frequenta i loro corsi estivi.»

Ben si raddrizzò di scatto, rischiando di sbattere la testa sul cofano. «Ci va anche mio fratello.» La Margot-Hof era la miglior scuola di Berlino e dello stato di Brandeburgo. Entrarci non era che il primo ostacolo. Rimanerci richiedeva costanza di rendimento e un mucchio di quattrini ogni mese.

Se la ragazzina era intelligente quanto suo zio, non faticava a credere che fosse riuscita a farsi ammettere, ma... Ben fissò l'auto malridotta. Non gli tornavano i conti.

«Perché la accompagni tu?»

«Mia sorella ha il primo turno in ospedale.» Sebastian scrollò le spalle. Osservò l'Honda defunta con una smorfia. «Immagino che dovremo prendere il treno a Lichtenberg, a meno che non si aggiusti da sola per miracolo in due settimane.»

«Vivi a Lichtenberg? Ci vorrà almeno un'ora.»

«Un'ora e dieci minuti. Però io e Rosa siamo appassionati di audiolibri. Siamo a metà della serie di Harry Potter. È tempo speso bene.»

Ben chiuse il cofano e studiò il proprio riflesso nel parabrezza, poi proseguì con lo sguardo fin dentro l'auto carica di bottiglie. Una sensazione di disagio gli pungolò le viscere.

«Ho fatto una cazzata,» dichiarò Sebastian, deglutendo con forza. «Non avrei dovuto...» Indicò i vuoti di vetro nell'abitacolo.

Sembrava stanco, imbarazzato, distrutto.

Ben si accostò di qualche passo. «Ma no, ce n'è abbastanza per entrambi, giusto? E poi io non ne ho mica bisogno.» L'altro ragazzo aggrottò la fronte. «Lo stavo facendo giusto per divertirmi.»

Gli si attorcigliò lo stomaco quando Sebastian emise una risata autoironica. «Io lo stavo facendo per i soldi.»

«Oh, figo.» Ben gli diede una pacca amichevole sulla spalla. «Che ne dici se spostiamo le bottiglie nel furgone e vado a consegnarle per te, intanto che aspetti l'assistenza?»

Sebastian scrutò nei suoi occhi. «Lo faresti davvero?»

Ben gli rispose con un grosso sorriso.

DOPO AVER CONSEGNATO LE BOTTIGLIE, BEN FECE IL

pieno di benzina al furgone e tornò al campeggio. Trovò una vecchia busta nel cruscotto di Thomas e ci mise dentro i settanta euro di Sebastian. D'impulso, recuperò il denaro che aveva guadagnato negli ultimi due giorni. Fissò la grossa mazzetta di banconote nuove di zecca. Era un bel malloppo da mettere da parte in previsione del Natale...

'Fanculo.

Si mise un po' di soldi in tasca per la benzina e infilò il resto nella busta.

La vita gli sorrideva sempre. Avrebbe trovato un'altra maniera di racimolare quanto gli occorreva.

Capitolo Due

B en non vide Sebastian per il resto della giornata. Fece un altro paio di viaggi per ritirare dei soldi e, quando alla fine rientrò al festival, notò l'Honda malmessa nel parcheggio. A quanto pareva l'assistenza stradale l'aveva rimessa in moto. Almeno per il momento.

Forse avrebbe dovuto offrire un passaggio a Sebastian e pagargli un carro attrezzi?

Peccato che non avesse più tutto quel denaro a disposizione.

Con la busta al sicuro nella tasca, Ben attraversò il boschetto in direzione del campeggio. Notò Marco sul limitare dell'area, dietro alle loro tende. Aveva una manica arrotolata e si fissava la parte superiore del braccio. C'era una macchia marrone scuro sulla sua pelle. O era un'illusione ottica?

«Ehi.»

Marco si tirò giù la manica all'istante, il rossore che gli affluiva sulle guance. «Ehi, amico. Non ti ho visto per tutto il giorno. Hai ancora intenzione di venire a sentire i Tepid Creek?»

Ben gli osservò il braccio lungo, poi scacciò via la curiosità. Probabilmente si trattava di un nuovo tatuaggio. «Sì. Cosa vuoi per cena? Pasta o pasta?»

Marco sbuffò divertito. «Raccontami come procede la raccolta di bottiglie.»

Mentre preparavano da mangiare sul fornello da campo, Ben gli illustrò a grandi linee il suo piano per salvare il Natale, partendo dalla sfida di suo padre e concludendo con una bugia. «Devo trovare una maniera per racimolare denaro, però.»

«Finalmente,» replicò Marco. «Qualcosa in cui posso aiutarti.»

Ben spense il gas e servì un po' di pasta e di sugo su dei piatti di plastica. Si avviarono con cautela verso il tronco, occupato a un'estremità da Thomas ed Elena.

Marco sedette al centro e distese le gambe davanti a sé. «Papà è sempre alla ricerca di braccia forti da assumere al deposito di legname.» Si infilò in bocca una forchettata di pasta. «Non avrebbe problemi a trovarti un lavoro per l'estate. Gli serve una mano per costruire i set per lo spettacolo di quest'anno... non chiedermi nulla, per carità. Come te la cavi con chiodi e martello?»

«Uhm,» mormorò Ben, distratto da Elena.

«Mi sono resa ridicola,» stava dicendo a Thomas. «Credevo che fosse interessato. È che mi piaceva, capisci?»

«Il mare è pieno di pesci, Lena. Quello giusto magari ti nuota proprio sotto il naso.»

«Già, ma lui è davvero un bravo ragazzo. Sempre disposto a rinunciare a gite fuori porta e uscite serali per stare accanto a sua sorella e sua nipote. Sono stupita che si sia preso questo fine settimana per se stesso.»

«Ben?»

Lui sbatté le palpebre e rimise a fuoco Marco. «Forse? Vedrò come vanno le cose.»

Si dedicò alla pasta mentre il suo amico gli raccontava dei migliori gruppi che si era perso e lo incoraggiava ad andare a vedere con lui i Minion Monkeys quando avessero tenuto un concerto a Berlino.

Scese la notte, e Ben si godette lo spettacolo dei Tepid Creek, pressato nella ressa sotto il palco a cantare a squarciagola. Era così che aveva immaginato quel weekend.

Alla fine dell'ultima canzone, si allontanò dal festival e attraversò il campeggio. La serata era appena cominciata e tra i cori di ragazzi ubriachi si udiva il tintinnare del vetro. Sebastian avrebbe fatto un affarone quella notte.

Ben si fermò. La luce calda di una lampada tracciava una sagoma dentro la tenda più in fondo.

Lui si affrettò a raggiungere la propria, si sfilò le scarpe e si precipitò un attimo all'interno, per poi andare a grattare sulla tenda in questione, davanti a cui era appoggiato uno zaino da escursione mezzo pieno di bottiglie. «Toc toc.»

«Sì?» rispose Sebastian con voce nasale.

«Sono Ben. Ho i tuoi soldi.»

«Oh, giusto.» Il ragazzo inspirò con forza. «Entra.»

Ben trovò la cerniera e la aprì a metà. Sebastian era seduto sul bordo del suo sacco a pelo e si fissava il piede insanguinato.

«Cristo. Cos'è successo?» Strisciò sulle ginocchia fino a raggiungerlo.

«La mia cara amica, la sfortuna.»

Ben mugugnò in risposta, notando lì accanto la cassettina del pronto soccorso. «Ti servono amici migliori.»

Frugò nel kit fino a trovare le salviettine disinfettanti. Ignorando il sopracciglio lievemente inarcato di Sebastian, si sedette a gambe incrociate e aprì uno dei pacchetti. «Posso?» Con gentilezza, gli prese la caviglia e spostò il piede ferito sul proprio grembo.

Sebastian si contorse un po' mentre gli puliva il taglio sulla pianta del piede. «Non avrei dovuto indossare i sandali,» mormorò. «Mi sono tagliato su una bottiglia rotta.»

«Credo che te la caverai,» affermò Ben. «A meno che tu non abbia saltato l'antitetanica.»

Sebastian reagì con un lieve sorriso, con tanto di rughe d'espressione ai lati degli occhi. «Grazie, starò bene.»

Ben distolse lo sguardo e frugò ancora nella cassettina alla ricerca dei rotoli di garza più larghi.

Proprio come aveva fatto suo padre anni prima con il suo braccio, avvolse il bendaggio attorno al piede disinfettato e lo assicurò all'estremità.

«E io che sono venuto fino alla tua tenda in calzini senza nemmeno pensarci,» commentò, scuotendo la testa.

«Puoi metterti le mie Birkenstock per tornare indietro, se vuoi. Anche se sono sicuro che tu non beccherai nessun pezzo di vetro.» Sebastian gli indicò un angolo della tenda, con quel sorriso timido che gli aleggiava di nuovo sulle labbra. «Mi passeresti gli stivali?»

Ben si acciglò. «Se devi pisciare, sono meglio le Birkenstock...»

«No, è che devo rimettermi a raccogliere bottiglie.»

«Stai scherzando, vero? Su quel piede?»

Sebastian scrollò le spalle e afferrò il kit del pronto soccorso. «Manderò giù un paio di antidolorifici.»

«Dammi quell'affare.» Ben gli fece un cenno eloquente con la mano.

Sebastian recuperò un blister di pastiglie, poi gli lanciò la cassettina.

«Non è questo che intendevo.» Ben si alzò in ginocchio e allungò una mano verso gli analgesici.

Anticipando la sua mossa, Sebastian sollevò il braccio e se li nascose dietro la testa.

Ben non intendeva permettergli di aggravare il taglio e sforzare il piede già dolorante. «Dammele.»

«Mi servono», ribatté il ragazzo, con una chiara nota di esasperazione nella voce.

Ben afferrò il blister incriminato, facendo perdere l'equilibrio ad entrambi. Sebastian cadde sul sacco a pelo e lui gli finì sopra, i corpi incollati dalle cosce al petto.

Allo scoppio di risate di entrambi, il suo cuore cominciò a martellare. Trattenne il fiato alla sensazione stordente di averlo così vicino. Il respiro di Sebastian gli sfiorò la bocca e la mascella, facendogli arricciare le dita dei piedi.

Lo sguardo di Ben cadde sulle sue labbra mentre scostava la gamba per assicurarsi di non premergli contro il piede ferito.

Sebastian ispirò con forza, e Ben puntellò le mani ai lati della sua testa per tirarsi su. «Accidenti. Il tuo piede... non dovresti raccogliere bottiglie stasera.»

«Non capisci.» Sebastian si strofinò un palmo sulla fronte. «Mi sto facendo il culo al lavoro, e comunque non guadagnerò abbastanza per pagare la scuola per il prossimo anno.»

«Per tua nipote?»

Sebastian imprecò tra i denti e si alzò a sedere. «Lascia perdere. Non importa.» Mosse il piede con una smorfia. «Hai ragione, dovrei tenerlo a riposo.»

Ben inarcò la schiena per infilarsi una mano in tasca. Tirò fuori la busta e gliela porse. «Questi ti aiuteranno.»

«Sembra più grossa del dovuto.» Sebastian sbirciò all'interno, poi gli scoccò un'occhiataccia. «È decisamente troppo per le bottiglie che ho raccolto.»

Per un istante, Ben pensò a suo fratello e al Natale. Deglutì per scacciare l'immagine del faccino triste di Nico. «Le cose stanno così,» mentì di nuovo, «io e Marco abbiamo fatto una scommessa. Visto che ho perso, dovevo rendere più vuoti possibile. Il guadagno non era rilevante.» Gli fece l'occhiolino. «Se non accetti quei soldi, li useremo per comprare alcolici per qualche stupida festa.»

Sebastian si sbatté la busta sul petto. Con il pollice tracciò ritmicamente dei cerchietti sul bordo aperto. «Non sono abbastanza orgoglioso da rifiutare. Sei sicuro?»

Si guardarono negli occhi. Sottovoce, Ben rispose: «Sono sicuro.» Sebastian gli rivolse un sorriso carico di sollievo con l'aria di chi, per una volta, aveva ricevuto la tregua che si era meritato. «Sicurissimo.»

«ED ECCO MIO FIGLIO, BENJAMIN.» SUO PADRE GLI avvolse un braccio solido attorno alle spalle mentre lo presentava ai suoi nuovi colleghi.

Ben si abbandonò in quel mezzo abbraccio, la cosa più simile a uno vero che avesse ricevuto negli ultimi mesi. Gli invitati stavano bevendo la loro birra chiara d'importazione nel patio illuminato dal tramonto. Dovunque si girasse, gli ospiti o i camerieri in uniforme lo fissavano, gli occhi assottigliati come a valutare quanto si sarebbe comportato da ragazzino viziato. E quanto vivesse a scrocco di suo padre.

Ma non lo stava più facendo. Non fino a Natale... a meno che mangiare il cibo del loro cuoco contasse? Comunque fosse, una volta racimolati i cinquemila euro avrebbe potuto camminare a testa alta davanti a quella gente.

«Crescono talmente in fretta,» commentò qualcuno.

Suo padre rise. «In men che non si dica, mi ritroverò nonno.»

All'improvviso il braccio caldo sulle sue spalle era diventato troppo pesante, così Ben si divincolò e attraversò la calca della festa per rifugiarsi nella relativa quiete del cortile sul retro.

Nico se ne stava nel grosso scavo in fondo al giardino a sfogliare fumetti con un altro ragazzino. Ben li osservò. Dieci anni prima, avrebbe potuto essere lui con un amico. Anche se, ai tempi, il fosso era stato appena scavato, pronto per il bunker hobbit che non era mai stato costruito. Suo padre l'avrebbe voluto riempire, ma lui l'aveva sempre convinto a lasciarlo com'era. Il progetto era incompiuto, eppure le fondamenta erano lì... c'era perfino il collegamento alla rete elettrica. Magari un giorno avrebbe alzato le chiappe e l'avrebbe portato a termine.

Si appoggiò alla parete e sbatté la testa contro la pannellatura in legno, alle prese con un nodo allo stomaco. A dispetto della sua fiducia in se stesso, non aveva ancora salvato il Natale.

Ne aveva avuto l'*occasione* ma, anche se avesse potuto tornare indietro nel tempo sino al festival, non avrebbe cambiato una virgola.

Alla fine aveva raccolto il corrispettivo in bottiglie di un altro centinaio di euro, nel caso la macchina di Sebastian si fosse fermata di nuovo sulla strada del ritorno a Berlino. E per fortuna che l'aveva seguito, perché l'Honda aveva esalato l'ultimo respiro alle porte della città.

Marco non aveva proferito parola riguardo al suo strano comportamento alla guida e si era limitato a inarcare un sopracciglio quando Ben aveva prestato al loro compagno i soldi per far trasportare l'auto dallo sfasciacarrozze.

Dopodiché Sebastian si era accomodato sul sedile posteriore dell'Audi. Attraverso lo specchietto retrovisore aveva incrociato i suoi occhi e...

Ben trasse un respiro profondo e camminò avanti e indietro per il giardino, le mani prima in tasca, poi fuori, poi serrate a pugno. Alla fine si arrese e distese i muscoli per rilasciare la tensione che gli formicolava dentro.

La porta sul retro si spalancò. Un cameriere ne uscì in fretta e furia e mollò due casse di bottiglie accanto a delle altre già accatastate. Ben sorrise ai ricordi che risvegliarono in lui.

Vuoti a rendere. Un mucchio di vuoti a rendere. Quella festicciola gli avrebbe fruttato serenamente cinquanta euro.

Ordinò ai camerieri di portare il resto delle bottiglie nel garage. L'indomani, dopo aver giocato a calcio e magari aver guardato un film, le avrebbe consegnate al supermercato e sarebbe stato un po' più vicino a rendere suo padre davvero fiero.

Ben si incontrò con Thomas e alcuni amici per una partitella di calcio. Dribblò per due volte i difensori e segnò tirando alla bene e meglio. Alzò i pugni per aria e inclinò la testa verso il cielo assolato. L'estate faceva proprio per lui. Molto più di ogni altra stagione, specialmente l'inverno...

Natale. Il suo stomaco divenne di piombo e le sue spalle si irrigidirono.

Tentò di scrollarsi di dosso la tensione, ma se la portò dietro per l'intero tragitto fino al deposito di legname. Joshua, il padre di Marco, lo salutò con un cenno e lo raggiunse ad ampie falcate. «Ho sentito che stai cercando lavoro. Ne ho uno da offrirti, se lo vuoi.»

«Qual è la paga?» domandò Ben.

Joshua scoppiò a ridere. «Dritto al punto, eh? Dodici euro l'ora.»

Così poco?

«Non sarà la quantità di denaro a cui sei abituato, eppure è più di quanto guadagnano moltissime persone.»

Ben studiò il deposito affollato. «Okay, ci penserò su.»

«Qui troverai sempre da lavorare, quando avrai deciso cosa vuoi.»

Dopo una breve pausa pranzo con Marco, Ben trovò un supermercato a Lichtenberg e infilò tutti i vuoti nella macchinetta per il riciclaggio. Si guardò attorno, quasi si aspettasse di imbattersi in Sebastian. Faceva la spesa lì, o in un altro negozio della zona?

L'ultima bottiglia fu risucchiata all'interno e la luce verde lampeggiò. Ben aveva finito. Afferrò la ricevuta con un sorriso. Mentre percorreva il supermercato per andare a incassare i soldi, non riusciva a pensare ad altro che alla Honda defunta carica di bottiglie e alla risata spenta di Sebastian. *Mi sto facendo il culo al lavoro, e comunque non guadagnerò abbastanza per pagare la scuola per il prossimo anno.*

La Margot-Hof, dove gli alunni in pratica scrivevano su fogli d'oro. Osservò la ricevuta che aveva in mano e, invece di mettersi in coda, uscì dal negozio. Se Sebastian avesse accettato un gesto di espiazione, Ben avrebbe raccolto bottiglie per lui.

E per quanto riguardava il Natale, be', aveva ancora cinque mesi.

LA MARGOT-HOF TENEVA UN CORSO ESTIVO, QUINDI IL lunedì mattina all'alba Ben trascinò Nico giù dal letto, praticamente lo vestì, poi gli piazzò una mela in una mano e un muffin nell'altra. Lo infilò in macchina e partì.

Nico soffocò uno sbadiglio. «Non è questa la strada per la scuola... e che ora del giorno sarebbe, quella lì?» Puntò un dito verso l'orologio del cruscotto. «Sei uscito di testa?»

Ben trovò a tentoni il muffin che suo fratello si era appoggiato su un ginocchio e glielo ficcò in bocca. «Dobbiamo dare un passaggio a Seb e a sua nipote. Ha la tua età.»

«Come si chiama?» domandò Nico mentre masticava.

«Rosa.»

«E perché passiamo a prenderli?»

Ben imboccò l'arteria principale e sfrecciò attraverso la città. «Ho pensato che potremmo parcheggiare vicino alla stazione ferroviaria di Lichtenberg e intercettarli quando arrivano.»

«Non sanno che li andiamo a prendere? Sai,» commentò Nico con voce strascicata, «in alcuni stati è considerato rapimento.»

«A Sebastian è morta l'auto. È un tragitto lungo fino alla Margot-Hof. Di sicuro gli farà comodo un passaggio.»

«Perché non mi hai lasciato a casa, allora? A dormire. Non potevi caricarmi in macchina al ritorno?»

Ben gli rivolse un sorriso imbarazzato. «Per chiacchierare con la ragazzina.»

Nico alzò gli occhi al cielo e diede un altro morso al muffin. «Mi devi un favore.»

C'era abbondanza di parcheggio a quell'ora, per cui si fermarono vicino a un ingresso. Sebastian e sua nipote avrebbero potuto usare l'altro ma, trattandosi di un cinquanta e cinquanta, Ben contava di essere fortunato.

Lui e Nico osservarono attraverso il parabrezza il gruppetto di persone che entrava in stazione.

«Dimmi un po',» cominciò suo fratello. «Seb è un tizio per cui hai una cotta?»

«Cosa?»

Nico sbatté le palpebre. «Sei gay, giusto?»

«Che diavolo...»

«Oh, che importa. Scommetto che ti piacciono quelli carini. Considerato che dovrai dirlo a papà, però, non ti invidio.»

Un filo nauseato, Ben tamburellò i pollici sul volante.

«Allora, chi è che fa palpitare il tuo cuore?»

«Palpitare?» sbuffò lui. «Il mio cuore non palpita.»

A quel punto individuò Sebastian, con accanto una bambina dai capelli castano ramato. A corto di fiato suonò il clacson, poi agitò con forza una mano non appena i due si girarono, colti di sorpresa.

«Dicevi?» lo prese in giro Nico, con un sorrisetto.

«Chiudi il becco e sii gentile,» gli raccomandò Ben, balzando giù dall'auto. «Fila sul sedile posteriore. Dove avresti dovuto essere comunque.» Riprese a salutare. «Ehi!»

A passo incerto, Sebastian si avviò verso l'Audi.

Ben si sentì improvvisamente nervoso. «Il tuo cavaliere dall'armatura scintillante è arrivato.»

«È qui che ti aspetta da mezzora,» borbottò Nico da dentro l'abitacolo.

«Che ci fai qui?» Sebastian si fermò sul selciato, a qualche metro da lui, e accarezzò la testa di sua nipote.

«Mio fratello frequenta la sua stessa scuola,» sparò Ben, come se bastasse a spiegare tutto. Ci aggiunse una scrollata di spalle.

«È questo l'uomo di cui mi stavi parlando?» chiese la ragazzina. La mano sulla sua testa si immobilizzò.

Nell'udire Sebastian balbettare, Ben fu attraversato da una scossa elettrica che lo lasciò senza respiro. «Rosa.» Il tono le intimava di non aggiungere altro. Le indicò l'Audi. «Salta su.» Poi disse a Ben: «Ti ringrazio. Un passaggio sarebbe graditissimo.»

Si rimisero in strada. Lui continuò a osservare Sebastian con la coda dell'occhio, e un paio di volte si ritrovò a deglutire quando lo sorprese a distogliere lo sguardo.

«Allora, Seb,» esordì mentre i due bambini discutevano su quale fosse la migliore supereroina e sul perché. «Dove devi andare dopo aver accompagnato Rosa?» Gli lanciò un'altra occhiata.

«Inizio a lavorare alle nove. A Mitte. Ma posso prendere il treno dalla Margot-Hof, se non vai in quella direzione.»

«Posso attraversare la città. Non c'è problema.»

«A parte la rottura di scatole del traffico.»

«Sono bravissimo a conversare.»

Sebastian si mise a ridere. «Cavolo, se ci sai fare.»

«Non hai sentito il mio commento sul cavaliere in armatura scintillante?»

Quell'uscita gli strappò una seconda risata, che coinvolse anche gli occhi e gli scosse il petto.

Ben si agitò sul sedile. «Come va il piede?» gli domandò, spostando per un istante l'attenzione sulle scarpe eleganti blu – *marino* – indossate con i jeans stirati e una polo.

«Un paio di giorni ed era come nuovo.»

«Seb,» lo chiamò Rosa dal sedile posteriore. «Nico dice che uno scarabeo è uno scarafaggio portafortuna degli antichi Egizi. Io credevo che fossero un simbolo di rinascita e trasformazione.»

Dallo specchietto retrovisore, Ben vide suo fratello che sbatteva le palpebre. «Tua nipote è una ragazza sveglia.»

«Sì che lo è.» Sebastian fece scivolare un braccio dietro

il poggiatesta di Ben e torse il busto. «Non me lo ricordo. Non hai già finito quel compito?»

Nico si affrettò a spiegare che lui aveva preso il massimo dei voti, al che Rosa incrociò le braccia sul petto e fece la linguaccia. «Anch'io li ho quasi presi.»

Sebastian si girò verso Ben, i polpastrelli – o era la manica? – che gli sfioravano il collo mentre riabbassava il braccio. «Sono proprio come noi, eh?»

Lui controllò di nuovo lo specchietto. «Credo che siano messi meglio di quanto ammettano.» Svoltò l'angolo verso l'ingresso della scuola e trovò parcheggio davanti al cancello. «Bene, ragazzi. Da qui potete andare a piedi.»

Aspettarono che i due non fossero più in vista per riprendere a parlare. Sebastian ruotò sul sedile. «Grazie del passaggio.»

«Di niente.» Ben si mordicchiò il labbro, si passò le mani sulle cosce e poi riaccese il motore. Uscì dal parcheggio. «Seb?»

All'altro ragazzo squillò il cellulare. Si scusò, inarcandosi per tirarlo fuori dalla tasca. Ben staccò gli occhi da lui e trafficò con la cintura che lo stringeva fin troppo sul petto.

Ascoltò il lato della conversazione di Sebastian.

«Un doppio turno? Ma io lavoro fino alle sette. Se cominciassi prima ogni giorno, forse potrei finire per le quattro. Ah ah, divertente. Compro un po' di gelato. Sì, ciao.»

Ben continuò a guidare. Sebastian doveva arrivare al lavoro. «Era tua sorella?»

«Sì, Kristina.»

«Posso chiedere?»

«Riguardo alla nostra situazione?»

«Solo se ti va di parlarmene.»

Sebastian annuì appena, il resto del corpo che si irrigidiva contro lo schienale, lo sguardo fisso sulla strada.

«Mia sorella è rimasta incinta a diciotto anni. Il padre se l'è squagliata senza farsi il minimo problema. Mamma e papà l'hanno aiutata a crescere Rosa finché non sono rimasti uccisi in un incidente d'auto a Thüringen cinque anni fa. Io e Kristina ci siamo trasferiti insieme in un appartamento, e da allora abbiamo fatto del nostro meglio per sopravvivere.»

«È...» Ben si pentiva di aver aperto la sua boccaccia. «Dev'essere dura. Mi dispiace.»

Sebastian voltò la testa verso il finestrino, con il retro dell'orecchio e la guancia arrossati. «Sembra minacciare pioggia oggi.»

Ciuffi di nuvole sottili ricoprivano il cielo. «Bello schifo. Dovrebbe essere estate.»

Il dolore che trasparì dalla risata tesa di Sebastian gli fece venire voglia di fermare la macchina e abbracciarlo.

Ben si scervellò per trovare un altro argomento di conversazione. «Se dovessi scegliere un disastro naturale, quale sarebbe?»

Sul serio? È questo il meglio che mi è venuto in mente?

Sebastian si mosse un po'. «Un tornado. Da bambino sognavo sempre di essere Dorothy.» Gli uscì di bocca una risata più autentica. «Volevo tanto un amico come lo Spaventapasseri.»

Quando arrivarono a destinazione, Ben ebbe la fortuna di trovare parcheggio proprio fuori dall'ingresso principale della biblioteca comunale. Sebastian si sganciò la cintura e si mosse per aprire lo sportello.

«Passami il tuo cellulare.»

Lui si fermò, poi tornò ad accomodarsi sullo schienale e gli porse il telefono, dopo averlo sbloccato.

Ben digitò il proprio numero e si fece uno squillo. «Ti scrivo più tardi, ma sappi che domani ti vengo a prendere.» Gli restituì il cellulare.

«Non devi...»

«Ci tengo. Oh, e prima che tu te ne vada...» Recuperò la ricevuta, si sporse oltre il sedile del passeggero da cui Sebastian si stava alzando e gliela infilò nella tasca posteriore.

Il ragazzo scattò in avanti e si girò, frugandosi in tasca e tirando fuori il foglietto. Parlò in tono così dolce da fargli venire la pelle d'oca. «Ben...»

«Mio padre dà un sacco di feste.» Scrollò le spalle. «Non mi costa nulla.»

«Vorrei che nella mia vita ci fosse più tempo per gli

amici come te,» replicò Sebastian. «Purtroppo non ce n'è. È piena di lavoro, studio, Rosa...»

Ben si passò le mani sulle cosce con una risatina nervosa. «E adesso dei nostri viaggi in macchina verso la scuola.»

«È LA QUARTA VOLTA IN DUE SETTIMANE,» INSISTETTE Sebastian, sventolando dieci euro. «Devi accettare i soldi per la benzina.»

Ben scosse il capo. «Sul serio, non è un problema.» A dire il vero, i fondi per il carburante scarseggiavano, però poteva arrangiarsi. La settimana precedente aveva spaccato il suo salvadanaio d'argilla, sollevato di trovarci dentro banconote da cinquanta. «Metti via quei soldi.»

Sebastian ci riprovò, ma Ben gli fece la linguaccia, sorprendendo entrambi. Scoppiarono a ridere, il che spinse Rosa a chiedere cosa ci fosse di divertente.

«Tuo zio stava insistendo troppo.»

Sebastian gli diede un pugno lieve sulla spalla. «Ben è troppo gentile con noi.»

«Seb, sei libero questo fine settimana? Potremmo giocare a calcio.»

Lui prese il cellulare e controllò. Scosse il capo. «Non ho tempo. E in ogni caso non sono un granché.»

«Ti verrà un esaurimento se non ti prendi una pausa.»

Sebastian spostò lo sguardo verso il finestrino e scrollò le spalle. «È comunque meglio così.»

L'ESTATE SI CONCLUSE E, FIN TROPPO PRESTO, Sebastian si procurò un nuovo mezzo di trasporto. Ben si ritrovò ad accompagnare suo fratello da solo, la conversazione molto meno vivace del solito. Perfino a Nico mancava lo scambio di battute di gruppo e – anche se non lo ammetteva – Rosa.

«Su col morale,» gli disse dopo qualche minuto di silenzio. «Non vedrai Seb al campus?»

Ben si mordicchiò il labbro per trattenere un sorriso traditore e spinse scherzosamente Nico fuori dall'auto. «Saluta Rosa da parte mia.»

Arrivò in aula mentre il professore stava iniziando. Marco lo salutò con un cenno del capo e gli mimò che si sarebbero visti fuori a fine lezione.

Con una rapida occhiata all'auditorium, Ben individuò Sebastian due file più in basso, chino su un taccuino a righe a prendere appunti. Gli si accomodò accanto.

Il ragazzo alzò lo sguardo e rimase sbalordito, tanto da scarabocchiare involontariamente sulla pagina.

Lui gli rivolse un sorrisetto, il che lo portò ad assottigliare gli occhi e pungolargli un fianco con la penna.

«Questa è per te,» gli sussurrò Ben all'orecchio, e tirò

fuori dalla borsa a tracolla una birra chiara belga avvolta in un sacchetto di carta, che appoggiò tra loro sulla panca.

Sebastian sbirciò all'interno ed estrasse la bottiglia per metà. Attaccate sopra c'erano alcune ricevute e un post-it su cui gli chiedeva se sarebbe andato alla festa di inizio anno organizzata da Marco per quel fine settimana.

Sebastian strinse le labbra e scosse il capo. «Non ho tempo,» sussurrò in risposta all'orecchio di Ben, provocandogli un brivido lungo la schiena.

Se l'era aspettato. Ciononostante, era un vero peccato.

Sgraffignò la penna e attirò a sé il taccuino di Sebastian. *Quando avrai una serata libera?* ci scrisse sopra.

Lui si riprese la penna e ne mordicchiò l'estremità mentre rifletteva, poi rispose: *L'ultimo weekend di ottobre.*

Perfetto. La mia festa sarà quella settimana.

Sebastian fissò la frase e alzò un sopracciglio con aria incredula.

«Che c'è?» bisbigliò Ben. «Voglio che tu ci sia.»

«Avete sete?» chiese Ben al padre e al fratello, offrendo a entrambi una bottiglietta d'acqua dopo la colazione in cui si erano abbuffati di pancake e sciroppo d'acero.

Nico stappò la propria e ne scolò metà. «Sei diventato

salutista?» gli domandò, asciugandosi la bocca con la manica.

«Eh?»

«Bevi tipo venti bottigliette d'acqua al giorno.»

Ben sbatté le palpebre. «Faccio anche più pipì di un pesce.»

«Nico,» si intromise di colpo suo padre. «Puoi lasciarci soli per qualche minuto?»

Suo fratello incurvò le labbra.

Ben gli fece cenno di andare. «Più tardi se ti va giochiamo un po' a pallone in giardino.»

Il padre aspettò che Nico si fosse allontanato per parlare. «Cos'è questa storia delle bottiglie?»

Ben scrollò le spalle.

Lui lo studiò in silenzio. «Mancano tre mesi al Natale. Come stai raccogliendo i soldi?» gli chiese.

Ed ecco il fulcro della conversazione.

«Non ci saranno problemi,» rispose Ben, gli occhi fissi sul piatto sporco di sciroppo.

«Perché sarebbe terribile dover spiegare a tuo fratello cosa dovrà perdersi.»

«Non si perderà un bel niente!» ribatté a denti stretti. «Magari non supererò la stupida prova tua e di mamma, ma mi assicurerò che per lui sia un Natale speciale.» Spinse indietro la sedia, appallottolando il tovagliolo di lino che aveva in grembo e buttandolo sul tavolo. «Ci sono famiglie là fuori che non hanno quasi nulla, eppure racimolano quello che possono per le nipoti, le sorelle... farò lo stesso per Nico.»

Suo padre si alzò insieme a lui e puntò un dito verso la sua sedia. «Ma *stai* racimolando?»

«Ti ho detto che troverò un modo.»

Nel vedergli scuotere il capo, a Ben si aggrovigliò lo stomaco. Il filo sottile che li univa era teso allo spasmo. Quanto ci avrebbe messo a diventare una delusione ai suoi occhi? Se avesse fallito quella sfida, avrebbe fallito come figlio?

Si toccò il polso che suo padre anni prima gli aveva fasciato. L'aveva fatto sedere sul bordo di quello stesso tavolo, gli aveva baciato la fronte e raccontato storie sui graffi che si era procurato da bambino. L'esperienza li aveva uniti, e suo padre aveva sorriso di cuore e l'aveva avvolto nel suo caldo abbraccio.

Al momento invece sospirava e continuava a scuotere la testa. «Hai i miei geni,» gli disse. «Non devi nemmeno sforzarti per ottenere dei bei voti o per farti degli amici. Ma proprio perché mi è sempre venuto tutto facile, non credevo di dover fare nulla per assicurarmi che le cose non cambiassero. È per colpa di quella mentalità svogliata che ho perso tua madre. Avrei dovuto mettere più impegno nella nostra relazione. Essere più presente. I migliori successi richiedono sacrificio. Lavoro. Ti prego, Ben.» Osservò il posto di sua madre al tavolo. «Dimostrami cosa sei disposto a fare per Nico. Sii migliore di me.»

Capitolo Tre

Sii migliore di me. Quella frase tormentò Ben per l'intera nottata. Si girò e rigirò e gemette contro il cuscino eppure, per quanto si agitasse, non riuscì a scrollarsi di dosso la sensazione che le parole di suo padre fossero dolorosamente vere.

La sveglia suonò alle dieci del mattino, seguita pochi minuti più tardi da una chiamata di Thomas. «Ti va di giocare a calcio? Ah, sappi che ho cercato di procurarti i biglietti per quel festival, ma la fortuna ti ha voltato le spalle. C'è il tutto esaurito.»

Ed ecco la conferma. Ben inspirò con forza mentre si alzava e si piazzava di fronte allo specchio.

Suo padre aveva ragione. Si era sempre aspettato che l'universo gli offrisse ogni cosa su un piatto d'argento. La realtà era che i piatti d'argento a volte cadevano, e tutto ciò che c'era sopra finiva in pezzi.

Aspettarsi di ottenere uno degli impieghi più remune-rativi per cui aveva fatto richiesta solo perché quello con la paga minima non era abbastanza per lui? Se voleva rendere speciale il Natale di Nico, doveva cambiare.

«Allora, una partitella?» gli chiese Thomas. «Che ne dici?»

«No.» Pronunciò la parola in un unico lungo respiro. «Ho del lavoro da fare.»

BEN ACCETTÒ DI LAVORARE AL DEPOSITO DI LEGNAME nei weekend e tre volte a settimana alla fine delle lezioni.

Dopo metà giornata passata a spostare materiale e imballaggi per la spedizione, Joshua lo guidò in un angolo del capannone di produzione che ospitava due mezzi scafi. Sul muro era appeso un diagramma delle navi pirata di cui avrebbero preso la forma a fine lavori.

«Per lo spettacolo teatrale,» gli spiegò, dando una pacca alla prua. «Quest'anno sarà il migliore di tutti.»

Dal fondo della stanza delle spedizioni, Ben sentì il lamento di Marco. Represse un sorriso. «Qual è la trama?»

«Ci sono due navi pirata, la *Dannata Dannazione* e la *Razzia Insanguinata*. Un tempo navigavano insieme in mare aperto e depredavano i mercantili. I loro capitani erano buoni amici e avevano entrambi dei figli, che erano a loro volta molto legati. La moglie di Oden Nelson vede in una premonizione che suo marito morirà se non gli compra una pozione costosissima, per cui incoraggia la ciurma a prendere più della loro parte di bottino. Quando Tom Salt scopre i beni preziosi di troppo sulla nave del suo amico, esplode di rabbia e maledice Oden di fronte al figlio adolescente.»

«Com'è che credo di aver già capito dove andrà a parare?»

Marco li raggiunse, fulminando con lo sguardo il padre mentre si fermava accanto a Ben e incrociava le braccia sul petto.

«Non ti sbagli. Tragicamente, un paio di giorni dopo Oden muore, e sua moglie lo segue a causa del dolore. Il figlio, Casper "Buonvento" Nelson, ritiene Tom responsabile e interrompe la sua amicizia con Devin "Spadaccino" Salt.» Con un cenno, Joshua indicò loro di prendere gli attrezzi e infilarli dentro uno degli scafi.

«Passano dieci anni e la faida si inasprisce, finché ogni pirata in ogni oceano sa che i due vascelli sono nemici. Tutte le volte che s'incrociano è un'aspra battaglia. Durante l'ultimo scontro, Casper e Tom vengono sorpresi da una terza nave pirata e Tom viene ferito a morte per salvare il figlio del suo vecchio amico. Alla fine dell'attacco, Devin è convinto che Casper abbia ucciso suo padre, così i due passano anni a essere nemici fino a che, nella scena finale, incrociano le spade in una danza che passerà alla storia piratesca come il più grande combattimento in mare aperto.»

«Mi auguro che ci sia un lieto fine,» commentò Ben, che stava aiutando Marco a trasportare un paio di assi di legno.

«Ho scritto due finali.» Joshua inchiodò suo figlio con lo sguardo. «O si uccidono a vicenda o posano le armi, ammettono i loro errori e tornano a essere migliori amici.»

«Io voto per il secondo,» dichiarò mentre Marco votava per il primo. Ben lo osservò. C'era qualcosa che gli sfuggiva.

Joshua sospirò. «Voto anche io per il secondo, ma sarà Marco a decidere.»

Ben aggrottò la fronte. «Perché non scegliere quello in cui tornano amici?» gli domandò.

Marco trasse un respiro profondo e continuò a fissare nel vuoto, senza rispondere.

Joshua diede una pacca sulla spalla di Ben. «Deve capire ciò che vuole. Sai, sono contento che tu abbia deciso di lavorare qui. È grandioso avere il tuo aiuto.»

«Avrei dovuto accettare l'offerta durante l'estate.»

«Non è mai troppo tardi per cambiare idea,» ribatté lui con un'occhiata al figlio. Sorrise a Ben. «Quanto ai soldi... dovrai farli fruttare al massimo.»

Quelle parole lo accompagnarono mentre lavoravano sul set finché non fu ora di smettere. Ben provò a stuzzicare Marco riguardo alla rappresentazione, ma il suo amico si limitò a scuotere il capo. «Lascia perdere,» disse in un tono pacato da cui si intuiva che era un argomento delicato.

«Tuo padre è un brav'uomo,» replicò Ben. «Ci tiene davvero a te, sai.»

Marco si irrigidì, poi annuì. «Sì, è vero. Il che non lo rende più facile.»

«Che cosa?»

«Niente.» Scrollò le spalle. Dipingendosi un sorriso in faccia, gli chiese: «Come si prospetta il Natale?»

Ben scrutò il deposito da sopra la spalla di Marco, studiando tutto quel legname. *Dovrai farli fruttare al massimo.* «Ho avuto un'idea per renderlo speciale per Nico. Mi fareste uno sconto sul legno?»

Le feste natalizie non sarebbero state sfarzose come al solito, ma sarebbero state speciali. Il che era addirittura meglio.

Nonostante Ben lavorasse durante ogni ora libera, l'ultimo weekend di ottobre ci mise un secolo ad arrivare. Finalmente – *finalmente* – era ora di fare baldoria. Ognuno dei suoi amici si presentò con amici di amici di amici e amici di amici di amici finché il piano inferiore della sua casa non fu strapieno di persone. La musica del DJ vibrava attraverso le pareti, e Ben fece un paio di giri per salutare gli invitati, offrire bottigliette d'acqua per accompagnare le birre e raccomandare a tutti di accatastare i vuoti nelle casse in garage. Le bevande erano avanzate da una delle feste di suo padre, per cui l'intera serata gli era costata quaranta euro in stuzzichini. Fortuna che aveva un lavoro con cui pagarli.

Marco lo tallonava ridendo divertito. «Di sicuro sarai a posto per il Natale, dopo sei mesi di raccolta di bottiglie.»

Ben scrollò le spalle e gliene porse una. «Acqua?»

Marco indugiò davanti all'ingresso, gli occhi fissi sul vialetto. Poi si fece strada a passo di carica attraverso la folla fino a raggiungere la porta sul retro, inseguito da un ragazzo con i capelli biondi e il naso adunco. Ben non sapeva bene cosa stesse succedendo, per cui scrisse a Marco: *Serve aiuto?*

Alle dieci, il cellulare vibrò all'arrivo di un messaggio.

Va tutto bene. Scusami, sono dovuto andare via prima.

Ben gli rispose e, due minuti più tardi, il telefono vibrò di nuovo.

Scusa. Non ce la faccio stasera. Non ho finito la tesina.

Era Sebastian. Ben rilesse il messaggio. La tesina da consegnare il lunedì seguente? Di certo a quel punto l'aveva finita. Lui aveva scritto la sua la settimana precedente.

Strinse il telefono, quasi sperasse di farne uscire un messaggio diverso, qualcosa tipo: *Arrivo tra dieci minuti.*

Iniziò a digitare una risposta.

Credevo che fosse la tua unica serata libera.

Merda, l'aveva inviato per errore. Aveva avuto una mezza idea di cancellarlo dopo averlo scritto e limitarsi a un semplice: *D'accordo, va bene.*

Si stava grattando un sopracciglio con il bordo del telefono, maledicendo se stesso, quando prese a suonare.

Era Sebastian, ovviamente. Come se Ben non si fosse già reso abbastanza ridicolo via messaggio.

«Ehi», rispose.

«Mi dispiace di non poter venire. Kristina ha dovuto fare i doppi turni questa settimana, e io mi sono dovuto trattenere al lavoro per recuperare. Sono stato in piedi fino alle tre per cercare di finire la tesina, ma non ho dato il mio meglio.»

Ben si spostò dal portico al vialetto illuminato dai lampioni. «Non potevi dirmelo prima? Avrei rimandato la festa.»

Un'imprecazione soffocata gli arrivò dal telefono. «Ben...»

«Che c'è? Cos'ho che non va, visto che preferisci fare qualsiasi altra cosa, piuttosto che passare del tempo con me? Direi che adesso so come ci si sente a piazzarsi al secondo posto, e avevi ragione. Fa schifo.» Si pentì subito di averlo detto, ma la verità ormai gli era sfuggita di bocca.

«Non sei al secondo posto. Non riesco a fare tutto e sì, devo scegliere... e sai che c'è? È difficile. Odio dover essere sempre così maledettamente responsabile. Mi piacerebbe da morire poltrire con i miei milioni di euro e organizzare una festa ogni volta che mi va.»

«È così che mi vedi?» Ben si sedette alla base di un lampione. Le luci che brillavano dentro casa si annebbiarono quando sbatté le palpebre.

«Merda, non avrei dovuto dirlo. Non intendevo...» Sebastian azzardò una risata. «Sono invidioso e...»

«E?»

«Ogni tanto irritato.»

«Con me?»

«Non è... questa conversazione mi sta sfuggendo di mano.»

«Va' avanti,» lo incoraggiò Ben.

«Sei fantastico. Leggi un testo una sola volta e te lo ricordi alla perfezione. Tiri fuori risposte a domande difficilissime senza nemmeno pensarci su. Le tue tesine e i tuoi progetti prendono facilmente il massimo dei voti. Ma è frustrante da vedere. Mi faccio il culo per essere bravo quanto te. Ti immagini se ti impegnassi un pochino di più? Potresti essere *incredibile*. Potresti fare la differenza là fuori.»

Seguì un silenzio innaturale, come se Sebastian stesse trattenendo il fiato.

Ben strappò l'erba fresca sul limitare del vialetto e annuì. «Hai ragione.» Ce l'aveva al cento percento.

«Aspetta, Benny...»

Lui riattaccò. Rimase lì per un quarto d'ora prima di

trovare l'energia di tornare alla festa. Fece un giro apatico e uscì dalla porta del retro. La serata era alle fasi conclusive. Chi era rimasto stava decidendo in quale locale andare. Thomas lo raggiunse per informarlo che avevano chiamato dei taxi per il Mitte. «Tu ci vieni, vero?»

Ben gli rispose: «Sono distrutto e domani devo lavorare. Voi divertitevi.»

«Sicuro?»

«Tranquillo, amico. Sono sicuro.»

I ragazzi si ammassarono dentro i taxi, e lui si ritrovò da solo. Accatastò svogliatamente tutte le bottiglie.

Bussarono alla porta, e mentre andava ad aprire Ben cercò con lo sguardo qualche giacca dimenticata.

Oltre la soglia c'era Sebastian con addosso una maglietta e dei jeans infilati negli stivali slacciati, i capelli spettinati dal vento. Ben trattenne il fiato. «Seb...»

Lui sbirciò oltre la sua spalla, verso la stanza vuota. «Mi sa che ho fatto troppo tardi.»

«No, vieni pure.» Il piano terra puzzava di alcol, così Ben lo condusse sul retro.

Attraversarono in silenzio il cortile per poi fermarsi al tronco del salice piangente. Le foglie cadevano attorno a loro. La luna si insinuava nei varchi tra le fronde e illuminava Sebastian su metà del viso, un braccio e il petto. Il ragazzo si mise a sedere sullo stesso ramo basso su cui si appollaiavano sempre Ben e Nico.

Aveva le occhiaie più marcate che mai. «Non avrei

dovuto dire quelle cose,» mormorò. «Non sei stato altro che gentile e generoso, ed è un privilegio anche solo che tu voglia passare del tempo con me.»

Ben non sapeva come rispondere, né come assicurargli che andava tutto bene. Che Sebastian aveva avuto ragione e che, perfino in caso contrario, lui l'avrebbe perdonato. Che voleva molto di più con lui.

Lo prese per mano e lo attirò giù dal ramo. «Seguimi.»

«Aspetta, dove?»

«Lo vedrai.»

Arrancarono tra gli alberi fino allo scavo profondo nell'angolo. Sebastian sbatté le palpebre davanti al monticello di terra. Si tenevano ancora per mano. «Che cos'è?» Gli diede un'ultima stretta prima di mollare la presa. Scese nel fosso erboso e, con un cenno, invitò Ben a seguirlo.

Lui lo accontentò. «È qui da un secolo.» Si sedette di fronte a Sebastian, ginocchia piegate, le punte delle loro scarpe che si sfioravano. La notte enfatizzava quel contatto, insieme ai loro respiri e alle pause agitate nelle loro voci. La luce della luna si posava sopra i capelli e la punta del naso di Sebastian.

«L'ho fatto scavare quando avevo dieci anni. Volevo costruirci dentro una caverna o un bunker in cui giocare con i miei amici.»

«Perché non l'hai fatto?»

«Perché me n'è passata la voglia.» Ben giocherellò con l'erba fresca. «Era vero quello che hai detto al telefono.»

«Non...»

«Ma ho intenzione di cambiare le cose.»

«Sul serio?»

Ben gettò un ciuffetto d'erba in alto, sul bordo del fosso. «La tua tesina è su Dropbox?» domandò.

«Sì, perché?»

Sbloccò il cellulare e glielo lanciò. «Entra con il tuo account. Aprila.»

Sebastian lo studiò da sopra il telefono. «Cos'è che vuoi fare?»

Ben appoggiò le braccia sulle ginocchia. «Il tuo tempo è prezioso, e io voglio che ne passi di più con me. Mi farò il mazzo perché ne usciamo entrambi vincitori.» Incurvò l'indice. «Forza, diamo un'occhiata.»

Perché quella splendida soluzione non gli era venuta in mente prima? Ormai, invece di scambiare due chiacchiere al volo dopo – o durante – le lezioni, Ben passava una parte del pomeriggio, e a volte anche della serata, con Sebastian. Battibeccavano e ridacchiavano l'uno dell'altro, ma per la maggior parte del tempo studiavano in una delle salette della biblioteca, sviluppando le loro idee per i vari corsi di Scienze Politiche. Ogni lunedì, Ben infilava di nascosto nella borsa di Sebastian una bottiglia di birra con attaccate le ricevute per la sua espiazione.

Ogni martedì lui e Sebastian si scambiavano bigliettini in classe.

Ben gli raccontò del deposito di legname e delle fasi di lavorazione per completare le navi pirata alquanto imponenti della loro scenografia. Gli spiegò che Joshua gli aveva insegnato le basi su come costruire un piccolo bunker sottoterra, che stava realizzando nello scavo in fondo al giardino.

«Finalmente lo stai facendo?» sussurrò Sebastian.

«In sostanza è come una casa sull'albero senza finestre e infilata in un fosso,» mormorò Ben con una scrollata di spalle. «Con a malapena qualche centimetro di terra a ricoprirla.» Il sorriso che gli rivolse Sebastian lo mandò su di giri per il resto della giornata.

Il Natale non sarebbe stato come al solito ma, con un po' di impegno, *sarebbe* stato magico.

Il lunedì, Ben raccolse le sue cose alla fine di una lezione di gruppo. Doveva saltare la biblioteca e scappare via prima, per coprire un turno al deposito di legname. Sulla sedia tra la sua e quella di Sebastian, posò con discrezione una bottiglia di birra chiara indiana.

Mentre si alzava per andarsene, Sebastian lo afferrò per una manica, le dita che gli sfioravano il polso. I loro occhi si incrociarono. «Non puoi continuare a farlo,» mormorò.

Sì che poteva. Si chinò a sussurrargli all'orecchio: «Forse a te tocca un po' di fortuna, e a me un po' di duro lavoro.»

«Oh merda,» imprecò Ben a metà di una discussione approfondita sull'etica. S'infilò il cellulare in tasca. «Devo andare a prendere Nico.»

Sebastian spense il portatile e balzò in piedi, rovesciando la sedia. «Rosa! Cavolo, ho perso la cognizione del tempo.»

Ben afferrò lo zaino e se lo caricò in spalla. «Che ne dici se passo a prenderli io mentre tu finisci la tesina?»

Sebastian smise di ficcare libri e fogli in borsa.

«Cioè,» continuò lui, «risparmieremmo sulla benzina, e posso accompagnare qui Rosa.»

«Non ti è di strada.»

Ben indietreggiò verso la porta e tirò fuori le chiavi dell'auto. «Non è un problema.»

Sebastian raddrizzò la sedia e ci si riaccomodò. «D'accordo. Chiamo Rosa per avvertirla, poi proverò a finire questa.»

I due bambini lo stavano aspettando sul ciglio della strada, e Ben li invitò a salire in macchina. «Grazie del passaggio,» disse Rosa allacciandosi la cintura, sotto cui rimasero bloccate diverse ciocche di lunghi capelli ramati.

Ben le sorrise. «Qualsiasi cosa per aiutare tuo zio.» Diede una pacca sulla testa di Nico. «Com'è andata la giornata?»

Lui scrollò le spalle. «Tutto okay.»

«E a te, Rosa?»

«È stata grandiosa. Un relatore esterno è venuto a parlarci dell'importanza crescente della tecnologia e dell'alfabetizzazione informatica. Mi piacerebbe andare a un corso di computer la prossima estate.» Mentre si dirigevano verso la città, Rosa continuò a raccontargli della sua giornata, e Ben rivide in lei Sebastian. Era una ragazzina intelligente e arguta, che adorava studiare.

Si rendeva conto di quanto fosse dura consentirle di frequentare quella scuola? Ben serrò la presa sul volante, una sensazione dolce che gli stringeva il petto.

«Perché sorridi in modo buffo?» gli chiese Nico.

«Non sto sorridendo.»

«Sì, invece.»

«Ora ci credo.»

«A cosa?»

«Tieni la testa bassa a scuola, d'accordo? Dai sempre il cento percento.»

Parcheggiò in doppia fila vicino alla biblioteca universitaria e Rosa saltò giù dalla macchina. «Grazie, Ben. A presto, Nico.»

Il ragazzino mugugnò un *ciao* e la osservò caricarsi lo zaino in spalla e correre dallo zio, che stava uscendo dall'edificio.

Sebastian salutò sua nipote con un gran sorriso. Guardò verso l'Audi e le disse qualcosa. Rosa lo aspettò mentre raggiungeva l'auto.

Ben abbassò il finestrino. «Tutto bene?»

«Sì.» Sebastian ci appoggiò su il gomito. «Ciao, Nico.»

«Come butta?» Suo fratello schioccò le dita e le puntò a mo' di pistola.

Un sorriso divertito illuminò il viso di Sebastian. «Ho appena finito di scrivere una tesina.» Tornò a guardare Ben. «Ti dispiacerebbe... stasera... le daresti un'occhiata?»

«Sono sicuro che è eccellente. Preferirei che fossi tu a dare un'occhiata alla mia,» ribatté lui. «Vieni a casa, più tardi, ma ti avverto: ti metterò al lavoro.»

«Lavoro?»

«Una volta che sarò riuscito a spedire Nico a letto, darò gli ultimi ritocchi al suo regalo di Natale.»

«Perfetto,» replicò Sebastian. «Passo dopo cena e ti do una mano. Va bene alle dieci?»

«Vieni quando vuoi,» rispose Nico per lui, e Ben lo ammonì con lo sguardo prima di mettere in moto.

«Ci vediamo alle dieci, Seb.»

Rientrarono attraverso le strade colme di decorazioni natalizie. Nico premette la faccia sul finestrino, appannò il vetro e ci scarabocchiò sopra.

«Stai bene?» gli domandò Ben.

Suo fratello fece spallucce, così lui rallentò e... non c'era parcheggio. Si immise nella corsia per svoltare a sinistra e si fermò al semaforo giallo. I riflessi delle lucine appese a un albero vicino punteggiarono il cruscotto.

«Mi dici che succede?»

«Papà pensa che tu non ti stia impegnando a sufficienza.»

Ben si appoggiò allo schienale e batté la nuca contro il poggiatesta. Oltre a suo padre era riuscito a deludere anche il resto della famiglia, eh?

«Ma si sbaglia,» continuò Nico. «So quello che stai facendo, e sono abbastanza bravo in matematica da capire cosa significa. Con le bottiglie.»

«Non si sbaglia del tutto...» Le auto dietro la loro cominciarono a suonare i clacson, ma Ben ignorò il semaforo verde. C'erano cose più importanti. Lanciò un'occhiata a Nico. «Avrei dovuto impegnarmi di più fin da subito per garantirti un buon Natale.»

«Ad altri bambini va molto peggio,» ribatté Nico con un'alzata di spalle. «Tutto ciò che mi serve è quella figata di bunker che stai costruendo non proprio in segreto, la coppa gelato più grande del mondo e che mio fratello confessi.»

Ben trasalì. «Confessi cosa?»

Nico lo ignorò e, tamburellando con le dita sul cruscotto, indicò il semaforo. «Se ti sbrighi, riusciamo a beccare ancora il verde.»

Ben fissò una panca alla parete del bunker. Al di sotto, aveva progettato uno spazio per le centinaia di fumetti di Nico, uno scomparto per le coperte invernali, un cassetto per tablet e videogiochi e perfino un mini frigo. Afferrò i cuscini che aveva portato e li sistemò sopra la panca.

Per ultimo, attaccò delle piccole lampadine alla fila di luci che aveva piazzato lungo il soffitto. Le accese. Un bagliore caldo si diffuse tutt'attorno, perfetto per un rifugio.

Mentre spegneva la torcia che aveva usato fino a quel momento, udì bussare alla porta, e subito dopo la voce di Sebastian. «Benny?»

Si lanciò ad aprire, grattando le nocche sul pannello in legno, e una fitta di dolore lo trafisse. Una scheggia, accidenti. Spalancò la porta. «Vieni pure.»

Un Sebastian tutto bagnato si chinò per entrare. I suoi capelli, come quelli di Ben, sfioravano il soffitto. «Nico mi ha aperto.» Si asciugò la pioggia dal naso. «C'è una tempesta là fuori.» Poi osservò il bunker. «È fantastico, con la finitura e la moquette. Nico impazzirà di gioia. È un vero fortino.»

«Devo ancora dare gli ultimi ritocchi e passare l'aspirapolvere, ma ci sono quasi.» Ben gli fece cenno di sedersi.

Sebastian si tolse le scarpe zuppe e si sfilò la giacca fradicia, appendendola a uno dei ganci che Ben aveva installato. L'acqua gocciolò sul tappetino per le scarpe con un debole *plin*.

«Come posso aiutarti?» domandò il ragazzo, appoggiandosi alle prese dell'aria sulla porta.

Ben si chinò all'estremità del bunker, dove teneva gli attrezzi e la cassettina del pronto soccorso, e recuperò carta vetrata e pinzette. Porse la prima a Sebastian. «Ti dispiacerebbe lisciare il legno attorno alla maniglia?» Gli mostrò le nocche doloranti. «Mi sa che è rimasto un po' troppo grezzo.»

Sebastian si staccò dalla porta, prese la carta vetrata e se la infilò nella tasca dei jeans... jeans che gli si erano incollati alle cosce per via della pioggia. Gli afferrò la mano, accarezzandone il dorso con il pollice, attento ai tre frammenti di legno conficcati nella pelle. «Siediti.»

Ben deglutì e si accasciò sulla panca, la mano ancora nella sua.

«Passami le pinzette.» I loro sguardi si incrociarono per un istante, poi Sebastian chinò il capo ed estrasse le schegge. «Va meglio?»

«Grazie,» disse Ben.

Sebastian intanto si alzò e sfilò la carta vetrata dalla tasca stretta. «Che altro hai in serbo per me?» gli chiese mentre lavorava sul legno attorno alla maniglia.

Ben scivolò a carponi accanto alla panca, la moquette morbida ed elastica sotto le ginocchia, e tirò fuori il portatile dal cassetto. «Volevo controllare la connessione internet che ho collegato.» Sganciò una tavola dalla parete opposta, che si aprì a creare una mensola. Ci appoggiò sopra il computer e lo accese. «Possiamo revisionare la tua tesina.»

Aprì Dropbox, e Sebastian puntellò una spalla sul legno e si strinse per cadere in ginocchio accanto a lui. «Non so quanto metterà alla prova la connessione. Dovresti scaricare qualcosa di più grosso.»

«Tipo?»

Sebastian allungò una mano e girò il portatile verso di sé. «Posso?»

«Certo.»

«Che ne dici?» Era entrato sul suo account di Netflix. Sbirciò la sua reazione.

«Di vedere un film? Mi sembra un'idea migliore. Scegli tu quale.»

Mentre lo faceva, Ben gattonò fino al mini frigo, rifornito con una mezza dozzina di birre con cui voleva festeggiare il completamento del bunker, sperando che Sebastian si unisse a lui.

«Tieni.» Gliene offrì una e, insieme, si accomodarono

sulla panca. Quando iniziò il film, Ben spense le luci e fece cozzare le bottiglie in un brindisi. «Cosa vediamo?»

«Facciamo un tuffo nel passato.»

Gli ci volle un attimo per riconoscere il film... uno per cui suo padre si entusiasmava un sacco. *Ritorno al Futuro*.

«Già,» commentò Sebastian. «Ehm...»

Ben spostò l'attenzione dallo schermo a lui, che si stava strofinando il fondo della bottiglia sui jeans.

«Sarebbe strano se... È che... i miei pantaloni sono fradici.»

«Amico,» rispose Ben. «Non c'è problema. Togliteli pure.»

Sebastian gli rivolse un sorriso carico di sollievo, e lui fissò lo sguardo sul film mentre il suo amico si sfilava i jeans e li appendeva accanto alla giacca. Con la coda dell'occhio intravide dei boxer blu elettrico. Bevve un sorso di birra. «Ci sono delle coperte sotto la panca,» disse e indicò il punto in cui Sebastian era seduto.

«Grazie.»

Ben rimase rigido per l'intero film, l'orlo della coperta di Sebastian che gli strofinava sulla coscia. Dopo i titoli di coda – e dopo tre birre – corsero sotto la pioggerella leggera fino alla casa per usare il bagno. Prima di rigettarsi sotto l'acqua, Ben fece un salto di sopra nella sua stanza e recuperò due paia di pantaloni del pigiama in modo che potessero entrambi mettersi comodi per vedere il resto della trilogia di *Ritorno al Futuro*.

«È fantastico passare una serata così,» affermò Sebastian con uno sbadiglio durante il terzo film. Erano quasi le due e si assopivano a turno, riscuotendosi a un soffio dall'addormentarsi sul serio. «Non doversi preoccupare del lavoro o del resto.» Si avvicinò a lui di qualche centimetro. «Grazie, Benny.»

Le parole gli impattarono sul collo risvegliando i suoi sensi, ma la fatica lo spinse di nuovo sull'orlo del sonno.

«Dovrei tornare a casa,» disse Sebastian.

Ben scosse il capo. «Dormi qui. Domattina darò un'occhiata alla tua tesina.» Tirò fuori il resto delle coperte e improvvisò un giaciglio sul pavimento.

Sebastian scivolò giù dalla panca e si stese sulla moquette. Ben lo raggiunse a carponi e avvolse tutte le coperte attorno a loro.

«Hai fatto un lavoro eccezionale con il bunker,» mormorò Sebastian.

Ben sbadigliò, la voce impastata di sonno. «Il sangue, il sudore e le schegge nella mano ne sono valsi la pena.»

NEL CUORE DELLA NOTTE, BEN SI GIRÒ SU UN FIANCO. Al fiato caldo che gli solleticò il viso, aprì gli occhi. Nel bunker era buio pesto, al punto che perfino dopo aver sbattuto le palpebre non riuscì a vedere i contorni della stanza. Sentiva il respiro regolare di Sebastian, il calore del suo corpo che si irradiava verso di lui, l'odore della pioggia nei loro capelli mescolato a quello ancora fresco del legno del bunker.

Sebastian si accoccolò più vicino, il che fece accelerare i battiti del suo cuore. Poi inclinò la testa, mandando il naso a cozzare contro il suo. Ben si immobilizzò. Fissò la sua sagoma scura finché non riuscì a mettere a fuoco più dettagli... tipo i suoi occhi aperti.

Aveva la sensazione di essersi lanciato da un precipizio ed essere in caduta libera, l'adrenalina che gli scorreva nel petto, nell'inguine, nei piedi. Assecondò la forza di gravità e premette le labbra su quelle di Sebastian in un bacio talmente lieve che avrebbe anche potuto non essere mai avvenuto.

La paura seguì il fervore, così cercò di scostarsi, ma una mano gli strinse il fianco, tenendolo dov'era.

Il cuore gli martellò sempre più forte, la caduta ancora più violenta.

Le loro labbra si unirono con un ansito condiviso. Sebastian gli avvolse una gamba attorno per premersi di più a lui.

Ben lo afferrò per la nuca mentre intensificava il bacio. Le loro lingue si toccarono e intrecciarono, ed era quasi troppo. Ben si tirò indietro e gli tracciò una scia di baci sulla mascella e giù lungo il collo. Gli intrufolò le mani sotto la maglietta, dove seguì la linea di peli sottili fino ad affondare un dito nel suo ombelico. Gli strofinò il pollice su un capezzolo. Quando lo pizzicò, il bacio divenne più profondo.

Una mano gli scorse lungo un fianco fino a raggiungere il suo sedere, attirandolo più vicino. Ben boccheggiò e rotolò sopra a Sebastian, puntellandosi con le braccia per non gravargli troppo addosso.

Strusciò il bacino dolorante contro il suo e il respiro spezzato di Sebastian gli solleticò il collo. Spinse di nuovo. Le loro magliette si spostarono, e si trovarono pelle sulla pelle. Ben si morse il labbro mentre Sebastian si aggrappava alla sua schiena e faceva pressione sulle sue scapole, inarcandosi ed esponendo l'incavo liscio della gola. Si abbassò su di lui e catturò il suo gemito con un bacio.

Sebastian insinuò le mani sotto i pantaloni del suo pigiama e gli massaggiò le natiche. Ben si premette in quella stretta appassionata. Si alzò a sedere e gli tracciò con le dita l'orlo dei boxer. Sebastian annuì, e Ben si adagiò tra le sue gambe ed eliminò le due paia di pantaloni che li separavano.

Le loro erezioni si baciarono mentre Sebastian si muoveva, sollevando le braccia per consentirgli di sfilargli la maglietta dalla testa. Poi Ben fece altrettanto con la propria.

Una mano calda afferrò il suo sesso e lo accarezzò. Sebastian ingoiò il suo gemito, la bocca incollata alla sua. Ben lo spinse con delicatezza sulla moquette e gli si stese sopra, con il cuore che batteva all'impazzata. Sebastian fece aderire i loro corpi, le dita conficcate nei suoi fianchi. Ben strinse i loro uccelli duri e li masturbò contemporaneamente. L'attrito aumentò, rispedendolo in caduta libera ancora e ancora e ancora.

Sebastian inarcò la schiena e si immobilizzò. Abbandonò la testa all'indietro mentre schizzi di liquido caldo colpivano lo stomaco di Ben. Lui fu attraversato da un turbine di calore che lo spinse oltre la vetta più alta, verso la caduta più lunga, e gli bastarono tre carezze per venire, il suo seme che gocciolava nell'ombelico di Sebastian.

Gli collassò addosso, lo sperma che si mescolava al suo, e si scambiarono un altro bacio.

Senza spezzare la magia quieta del momento, Ben recuperò dei fazzoletti per ripulire entrambi. Una volta finito, si accoccolarono l'uno all'altro, Ben che teneva Sebastian stretto contro il petto. Gli posò un bacio sul retro della testa e si addormentò con un sorriso.

Capitolo Quattro

B en si svegliò e sbatté le palpebre. La luce grigia del mattino filtrava dalla cornice della porta delineando d'argento i contorni del corpo di Sebastian, che era sveglio e lo osservava.

«Ehi,» mormorò lui.

«Ehi.»

Si misero a ridere, e Ben si accostò per baciarlo.

«Allora non me l'ero immaginato,» sussurrò Sebastian. «Mi vedi allo stesso modo.»

Lui si scostò un po' per studiarlo per bene. Tracciò con le dita la sua mascella. «Ho...»

Si sentì bussare alla porta del bunker, poi la voce di Nico che gridava: «Ben, sarà meglio che tu vada in garage. Papà vuole vederti *subito*. Per qualcosa che riguarda la sua macchina.»

Ben si alzò a sedere, tirandosi dietro la coperta che

andò ad ammucchiarglisi sul grembo. «Merda,» sibilò tra i denti, e saltò su per infilarsi le scarpe. «Torno subito.»

«Forse la mia auto è in mezzo ai piedi?» Sebastian indossò i jeans semi asciutti, gli stivali bagnati e la giacca. Gli si incastrò la cerniera. Con un sorriso, Ben si accostò, afferrò la zip ostinata e riuscì a chiuderla. Negli occhi di Sebastian danzavano un centinaio di domande, a cui lui cercò di rispondere con un bacio delicato.

«Possiamo... dobbiamo ancora ricontrollarci le tesine a vicenda.»

«Ho tempo fino a pranzo, poi Kristina deve andare al lavoro.»

«E stasera?»

«Lavoro io,» replicò Sebastian, scuotendo la testa. «Lunedì non riuscirò nemmeno a venire a lezione. Puoi prendere appunti?»

«Quando passerai a recuperarli?»

«Non appena potrò. Credimi.»

Nico era già sparito, il che non era una sorpresa, considerata la pioggia e le raffiche di vento. Corsero attraverso il cortile sul retro e fecero il giro della casa per arrivare al garage. La pioggia colpiva il portone basculante e scendeva dal bordo come un sipario.

Ben ci passò sotto, l'acqua che gli scivolava sulla testa e giù lungo la nuca.

Suo padre era fermo con le mani sui fianchi e fulminava con lo sguardo la miriade di casse di vuoti a rendere che Ben aveva raccolto dopo la sua festa di Natale. Metà delle casse si erano rovesciate, spargendo vetri rotti e bottiglie di plastica sul pavimento tra le loro auto.

«Ne ho piene le scatole delle tue dannate bottiglie,» dichiarò l'uomo, indicando quel macello con un gesto perentorio. «Voglio poter entrare in retromarcia senza sbattere contro questa spazzatura.»

«Scusa, papà.» Ben si passò una mano tra i capelli e lanciò un'occhiata a Sebastian, poco dietro di lui.

Nico sbucò dalla porta che collegava il garage alla casa.

«Ci sarebbe da pensare che con la quantità di vuoti che hai raccolto,» continuò suo padre con la mascella serrata per la frustrazione, «tu abbia già racimolato abbastanza soldi per salvare il Natale.»

«Che cosa?» si intromise bruscamente Sebastian.

Ben si ritrovò a corto di fiato. Fissò suo padre scuotendo la testa, nemmeno potesse fargli rimangiare quelle parole.

«Da' una ripulita,» gli ordinò lui.

«Cosa intende con salvare il Natale?» chiese di nuovo Sebastian. Gli si piazzò di fronte, il viso impallidito.

Ben tentò di afferrare la sua mano, ma lui si divincolò e si accostò a suo padre, che li osservava con aria confusa.

Fu Nico a rispondere. «Non è niente.»

Il padre gli scoccò un'occhiata delusa. «Non è vero. Era l'unica cosa che avevo chiesto a Ben in cambio di tutto il resto. Avrebbe dovuto comportarsi meglio nei tuoi confronti.»

Sebastian si girò di scatto. C'era una traccia di confusione nei suoi occhi e, peggio ancora, di dolore. «Ti servivano i soldi dei vuoti a rendere?»

«No, è che... Be', sì, ma...»

Sebastian inspirò con forza. «Al festival. Non era una scommessa?»

Ben fece un passo in avanti, lui però si ritrasse. «La tua macchina si è rotta e a tua nipote serviva la retta per la Margot-Hof. Ne avevi un bisogno più disperato di me.»

Sebastian abbassò il capo, le guance arrossate. «Mi... mi ero scordato,» farfugliò, tirando fuori le chiavi. «Devo passare a fare la spesa prima che Kristina vada al lavoro.»

Evitando di incrociare il suo sguardo implorante, uscì dal garage per raggiungere la sua auto.

Con gli occhi che pizzicavano, Ben lo osservò andar via. Gli sarebbe corso dietro, se suo padre non fosse stato lì ad assistere. Cazzo.

Cazzo, cazzo, cazzo.

Al suono del motore che si allontanava, si voltò verso il garage incasinato e verso suo padre, che lo fissava come se non sapesse più chi fosse.

LA MORSA ALLO STOMACO AUMENTÒ CON OGNI

bottiglia che raccoglieva e rimetteva a posto. Nico lo aiutò in silenzio, il che non fece che peggiorare le cose.

Suo fratello era un angelo. Non aveva protestato, né si era lamentato o aveva fatto i capricci nel vedere il Natale rimpicciolirsi sotto i suoi occhi. L'aveva accettato con un sorriso e qualche parola di incoraggiamento.

Era un bambino che si meritava il miglior Natale possibile.

Ben sospirò e infilò le ultime due bottiglie in una cassa. Fece l'occhiolino a Nico. «Che ne dici se mi alleno a preparare la coppa gelato più grande del mondo?» Magari una tale quantità di gelato avrebbe anestetizzato il dolore del ricordo di Sebastian che se ne andava dal garage.

Non fu così.

Il vento ululava e la grandine batteva contro i doppi vetri delle finestre. Perfino la loro casa imponente tremava nella violenza della tempesta. Ben aprì la porta sul retro e fissò i chicchi di ghiaccio. Doveva passarci sotto per raggiungere il bunker, dove aveva lasciato il cellulare.

Doveva scrivere a Sebastian. Provare a spiegarsi.

Si infilò il cappotto, tirò su il cappuccio a coprirsi la testa...

Crack.

Una grossa quercia in fondo al giardino si abbatté al suolo. Ben sobbalzò allo scricchiolio assordante che seguì, e il cuore gli saltò in gola. Corse sotto la pioggia, le scarpe che battevano con suoni umidicci sull'erba infangata, la grandine che gli picchiava sulla testa.

Si fermò quasi scivolando vicino all'ampio salice in fondo.

La quercia caduta aveva schiacciato il tetto del bunker. Un gigantesco ramo annerito faceva capolino, come un enorme dito medio sollevato.

Un grido cercò di risalirgli la gola serrata. Ben raggiunse di corsa il ramo e spinse sulla corteccia bagnata. Ci provò in tutti i modi, eppure non fu in grado di smuoverlo.

Ciononostante, continuò a tentare. Se ci avesse messo abbastanza impegno, sarebbe riuscito a farlo rotolare via dal bunker.

Una mano decisa gli si posò sulla spalla e Ben si girò di scatto, perdendo un battito.

Non era Sebastian.

Era suo padre.

Ben tentò di divincolarsi, ma lui se lo tirò dietro, serrando la presa finché non furono al riparo sotto la tettoia del patio.

«Mi sfugge qualcosa,» disse suo padre. Fissò il giardino sul retro ancora una volta. «Cos'è che mi sfugge?»

«Non adesso. Ti prego, vattene.»

Lui esitò per un lungo istante, poi lo accontentò. Ben si accasciò lungo la parete della casa fino a ritrovarsi rannicchiato per terra ad abbracciarsi le gambe. «Hai ragione,» mormorò. «Il Natale è morto.»

N<small>ICO LO TROVÒ CON LA TESTA PREMUTA SULLE</small> ginocchia.

«Che razza di tempesta,» commentò.

«Che razza di sfiga, più che altro,» borbottò Ben. Suo fratello gli affibbiò un pugno sul braccio. «Avevo cominciato a convincermi che, se mi fossi impegnato abbastanza, ci sarei riuscito.» Scosse il capo. «Avevo ragione fin dall'inizio.»

«Di cosa stai parlando?» Nico si mise a sedere nella sua stessa posizione ed entrambi osservarono il giardino distrutto dalla tempesta.

«Il tuo bunker. È collassato.»

«Papà me l'ha detto. Perché stai dubitando di te stesso?»

«Come fai a essere tanto calmo?»

«Calmo è il mio secondo nome.»

A Ben sfuggì una risatina, seguita da un'ondata di rimpianto. «Sul serio. Come fai?»

«In realtà sto piangendo dentro.»

«Cazzo.»

«Non dire parolacce.»

Risero entrambi, e Ben capì cosa doveva provare Sebastian a ogni risata priva di gioia. Diede un colpetto di gomito a suo fratello. «Mi farò perdonare, ma non sono certo di riuscirci in tempo per il Natale.»

Nico ribatté: «Certo che ci riuscirai.»

«Come fai ad avere così tanta fiducia in me?»

«Perché ti impegni un sacco e hai la fortuna dalla tua parte.»

BEN SOLLEVÒ LA TESTA DAL CUSCINO FREDDO E guardò verso la finestra dall'altro lato della stanza. Non sentiva più il battere violento della pioggia, quindi la tempesta doveva essere passata.

La mancanza di sonno rendeva il suo corpo pesante e indolenzito, ma si costrinse ad alzarsi dal letto. Magari si era trattato solo di un brutto sogno?

Scostò la tenda e sbirciò all'esterno. L'ombra della quercia caduta incombeva sull'intero giardino.

I rami si sfocarono davanti ai suoi occhi fino a diventare lui e Sebastian, le membra intrecciate mentre ondeggiavano insieme in preda alla passione. Ben gemette e sbatté la testa contro il vetro freddo. Aveva combinato un casino, e non era l'unico a pagarne il prezzo.

Sebastian ne stava soffrendo. E così suo fratello. Il suo fratellino calmo e comprensivo che era convinto che Ben sarebbe comunque riuscito a salvare il Natale. Peccato che avesse esaurito le scorte di fortuna.

Con la fronte intorpidita premuta sul vetro, fissò il cielo come se potesse trovarci le risposte che gli servivano. Ma era privo di stelle. Vuoto. Un noioso grigio scuro violaceo... Marco l'avrebbe chiamato grigio talpa.

Marco.

Ben si staccò dalla finestra, raggiunse in fretta e furia il comodino e afferrò il telefono. Era mezzanotte, però Marco a quell'ora sarebbe stato ancora sveglio.

«Pronto?»

«Mi serve il tuo aiuto,» gli disse Ben.

«Cos'è successo?»

Gli raccontò tutto.

La domenica di prima mattina, Marco e Joshua si presentarono da loro con l'attrezzatura per rimuovere la quercia. Ben, che era in camera a indossare dei pantaloni impermeabili, tirò il suo amico all'interno. «Non potrò mai ringraziarti abbastanza.»

Marco si appoggiò alla porta. «Ti serve una mano. Voglio che tu sappia che io ci sono, per te.»

Ben smise di abbottonarsi i calzoni. Marco aveva le mani in tasca e si fissava il piede con cui stava stuzzicando il tappeto. Ben lo spinse senza troppi complimenti fino al bordo del letto. «Siediti.» Si fermò in piedi davanti a lui. «In quest'ultimo paio di mesi, ti è capitato qualcosa. Spero che anche tu sappia che io ci sono per te, di qualsiasi cosa si tratti.»

Marco aprì la bocca, poi la richiuse. Annuì. «Ti vedo con Sebastian. Voglio la stessa cosa. Potrei addirittura averla trovata. Ma mi... cazzo, mi vergognavo troppo di me stesso. Volevo nasconderlo, Ben. A te, a tutti gli amici e alla mia famiglia.»

«Che sei gay?»

«Sì. E...» Marco raddrizzò le spalle e si sollevò una manica. «Questo.»

Ben lo ascoltò condividere la sua storia. Il suo segreto. La sua vergogna.

Con un sorriso, lo fece alzare dal letto e lo serrò in un abbraccio. «Cammina a testa alta. Ne sei degno, amico. Non hai niente di cui vergognarti.»

Joshua li chiamò dal piano di sotto, così portarono giù le chiappe. L'attrezzatura era stata spostata nel cortile sul retro e tre ragazzi del deposito di legname erano arrivati ad aiutarli. Ben diede una pacca sulla spalla a Joshua. «Come farò a ringraziarti?»

L'uomo scoppiò a ridere. «Puoi cominciare venendo a vedere la nostra rappresentazione teatrale lunedì.»

«A che ora?»

«Alle sette e mezza.»

Sebastian sarebbe stato al lavoro. Ben ricacciò indietro la delusione. «È ancora previsto un finale tragico?»

«Confido che il mio Marco sceglierà il finale che sente più giusto.»

Il lunedì mattina, Ben portò Nico alla Margot-Hof. Rimase nel parcheggio per una ventina di minuti nella speranza di incrociare Sebastian, che però doveva aver accompagnato Rosa all'alba.

L'avrebbe beccato l'indomani.

Invece di andare al campus, tornò a casa. Si era affidato alla sua buona stella e aveva chiamato ogni singolo amico che aveva. E lì, in un semicerchio di salda amicizia, il gruppo lo aspettava sul vialetto per aiutarlo.

Ben sorrise. Sarebbero serviti un sacco di muscoli ma, tra tutti quanti, avrebbero rimesso in sesto il bunker entro la fine della giornata.

Marco aveva portato del legno dal deposito. Elena e Thomas avevano cucinato per tutti. Thomas aveva contattato un amico elettricista e, qualche ora dopo, un amico di un amico si era presentato con un rotolo nuovo di moquette.

A mezzogiorno Ben aveva i muscoli doloranti, le dita strapiene di vesciche e un brutto graffio sull'avambraccio lasciato da un chiodo. Mentre mandava giù un paio di antidolorifici, gli tornò in mente l'estate precedente e il festival quando Sebastian aveva stretto tra le dita un blister di pastiglie molto simili.

Recuperò il cellulare – per fortuna intatto – per chiamarlo e lasciargli un messaggio in segreteria. «Avevi ragione. Riguardo a moltissime cose. C'è così tanto che voglio dirti.» Attese un istante e trattenne il fiato, quasi Sebastian potesse decidere di rispondere. Ma era al lavoro e probabilmente non l'avrebbe fatto comunque. Ben rilasciò il respiro. «Ti prego, possiamo parlarne?»

Avevano iniziato a mettere via l'armamentario e darsi il cinque quando suo padre rientrò a casa. Ben si affrettò ad andare a prendere Nico prima che potesse incastrarlo nella conversazione rimasta in sospeso.

Nel vedere suo fratello che correva lungo il vialetto della scuola per raggiungere la macchina, Ben sentì uno sfarfallio nel petto. Quel giorno, la fortuna e l'impegno avevano fatto squadra per resuscitare la magia del Natale di Nico.

Lo spettacolo natalizio annuale si teneva all'interno di una vecchia chiesa riadattata a teatro. Ben sedette in ultima fila con il resto del gruppo, Elena nel posto accanto al suo. Le luci si spensero e il blu tenue di un faretto illuminò la *Dannata Dannazione*

sulla destra del palco. Il suono delicato delle onde riempì la sala e delle voci ubriache che cantavano risuonarono da dietro le quinte. Joshua e un uomo con una struttura fisica altrettanto robusta barcollarono sul palco, mezzi abbracciati, con le bottiglie di whisky in mano.

«Entrambe le nostre mogli ci hanno donato un figlio maschio in questa notte gioiosa. Che le stelle e il mare ci siano testimoni, il mio Casper e il tuo Devin saranno i migliori amici del mondo, proprio come i loro padri.»

Marco e un ragazzo con le fossette e l'aria spigliata interpretavano i nemici feroci e spietati al centro della trama. Incrociarono le spade, danzando sui ponti ondeggianti e perfino sull'albero maestro a cui erano inchiodate delle impalcature. In una scena le navi erano fianco a fianco mentre i due ragazzi combattevano, le loro sagome visibili dietro le vele.

Nel cuore della parte conclusiva dell'ultimo atto, accompagnata dal ritmo febbrile di un violino, Casper teneva un Devin disarmato sotto la punta della spada.

La musica si fermò.

Il pubblicò si agitò sul bordo delle poltroncine in attesa della decisione finale: uccidere o non uccidere.

Ben lesse le emozioni che scorrevano sul viso di Marco. Non stava solo recitando, quell'istante avrebbe delineato ben più che il destino di Casper e Devin.

Un'ondata di emozioni altrettanto intense lo colpì

dritto allo stomaco. Chiuse gli occhi e pensò al suo destino personale. A suo padre, a Nico, a Sebastian.

Deglutì. Anche per lui era arrivato il momento di prendere una decisione difficile.

~

BEN SEDEVA AL VECCHIO POSTO DI SUA MADRE AL tavolo da pranzo, immerso nell'ambiente che lo circondava: il soffitto alto, il pavimento in marmo, il lampadario che inondava la stanza con la sua opulenza. Giocherellò con il mazzo di chiavi, facendoselo roteare attorno all'indice.

Quando suonò la campanella della colazione, Nico si precipitò in sala da pranzo. La porta della camera di loro padre si chiuse al piano di sopra.

«Nico, mi lasceresti un minuto da solo con papà?»

Il bambino fece il giro del tavolo e marciò in cucina, parlando a bassa voce con il cuoco.

Suo padre s'immobilizzò nel vederlo a capotavola. Raddrizzò le spalle e si accomodò, fissandolo al di sopra delle dita intrecciate.

Ben sentì un'ondata di nausea risalirgli la gola. Roteò le chiavi più velocemente. Sarebbe stata l'ultima volta che sedeva a quel tavolo? Stava per essere diseredato? Si agitò sulla sedia, espirò con forza e sollevò il mento. E allora? Non aveva bisogno dei soldi di suo padre per avere successo nella vita. Poteva cavarsela con le sue forze.

Posò le chiavi sul tavolo e le spinse verso il suo lato. La mossa seguente spettava a lui. «Le bottiglie...» Si schiarì la voce. «Le ho raccolte per i compensi.»

«E li hai dati al tuo amico,» aggiunse il padre.

«Seb. Già. Papà, glieli ho dati perché mi piace. Si fa il culo per mandare sua nipote alla Margot-Hof. Era la cosa giusta da fare e...» Ben abbassò lo sguardo sulle chiavi a pochi centimetri dalle mani che avevano contribuito a crescerlo. Le lacrime gli pizzicarono gli occhi. «Lo amo.»

Il tempo si dilatò, tormentandolo. Sentir strisciare la sedia di suo padre lo fece trasalire come uno schiaffo in faccia.

Notò la sua espressione sofferente. «Che significano queste?» esplose l'uomo. «Ti ho trattato così male da farti credere che ti toglierei tutto e ti sbatterei fuori dalla mia vita?» Appoggiò i gomiti sul tavolo e si massaggiò la fronte. «Ben, costringerti a salvare il Natale sarebbe dovuto servire ad aprirti gli occhi sul mondo reale. Dimostrarti quant'è importante impegnarsi per ottenere ciò che si vuole.»

Spinse di nuovo le chiavi sul tavolo, verso di lui.

«Ho sbagliato a dubitare di te.»

Ben le strinse talmente forte che il metallo gli si conficcò nel palmo.

Il padre continuò a parlare. «Sono entrato nel tuo bunker ieri sera. È molto più di quanto mi aspettassi. Ci hai messo così tanto amore e lavoro. Questo Natale Nico è, senza alcun dubbio, il bambino più fortunato che ci sia.»

All'orgoglio che trasudava dalla sua voce, Ben fu pervaso da una sensazione di leggerezza.

«E poi c'è quel ragazzo, Seb, che stavi aiutando. Era la cosa giusta da fare. Ti sei impegnato per renderlo felice, il che è molto più di quanto abbia fatto io con tua madre. Sei migliore di me, e io non potrei esserne più fiero.»

Suo padre si alzò dalla sedia e fece il giro del tavolo. Gli strinse una mano sulla nuca, gli posò un bacio sulla testa e sussurrò: «Un'ultima cosa, figliolo. Voglio assolutamente conoscere il ragazzo che ti ha rubato il cuore.»

SEBASTIAN ERA SEDUTO IN BIBLIOTECA, IN UNA DELLE salette private.

La stessa in cui lui e Ben studiavano sempre insieme. Con il suo tavolo grigio rettangolare e la lavagna bianca montata sulla parete. Ben sbirciò attraverso la porta di vetro e si fece coraggio, giocherellando con la cinghia della tracolla. Non c'erano libri sparsi sul tavolo. Sebastian era fermo e fissava il cellulare. Mosse il pollice, poi posò il telefono davanti a sé e chiuse gli occhi.

A Ben vibrò il suo nella tasca, così controllò il messaggio.

Sì, parliamone.

Aprì la porta e Sebastian sobbalzò.

Ben sostenne il suo sguardo esitante, tirò fuori dalla borsa una bottiglia di birra e la appoggiò sul tavolo.

Sebastian sbatté le palpebre e osservò, attaccata sul collo, l'ultima ricevuta della sua espiazione. Nella parte inferiore, Ben aveva incollato una busta viola. *Seb*, c'era scritto sopra, sottolineato tre volte.

Lentamente, Sebastian la staccò e ne estrasse il cartoncino con le decorazioni in rilievo.

«Un invito?» domandò, studiando data e luogo.

«Per una cena. Niente di sfarzoso. Il sei dicembre, il giorno di San Nicola.» Ben piazzò le mani sul tavolo e si sporse verso di lui. «Ti prego, dimmi che verrai.»

Sebastian si raddrizzò sulla sedia e incrociò le braccia sul petto. «Cos'è successo l'ultima volta che ci siamo visti?»

Ben chinò il capo. «Mi dispiace per quello che ho detto. Per averti mentito sulla scommessa con Marco e sul non avere bisogno di soldi.»

«Mi hai messo così in imbarazzo,» mormorò Sebastian. «Era già abbastanza difficile accettare le tue offerte generose quando credevo che per te quel denaro non contasse nulla. Ma tu ci hai rinunciato per me. Hai sacrificato il tuo Natale per aiutarmi. Mi è crollato addosso tutto il peso della mia disperazione e... mi sono sentito umiliato.»

A Ben sfuggì di bocca un piccolo gemito tormentato. Mise un dito sotto il mento di Sebastian per spingerlo a incrociare i suoi occhi. «Era l'ultimo dei miei intenti. Ti ho aiutato perché volevo che trovassi un po' di tregua.

Chiunque lavori duro quanto te se lo merita. Adesso però capisco quanto sia terribile volere qualcosa tanto disperatamente.»

«Davvero?»

Ben serrò gli occhi che pizzicavano e annuì. «Voglio disperatamente che mi perdoni. Sarei il ragazzo più fortunato del mondo a essere al secondo posto nella tua vita.»

Qualcosa gli solleticò il lato della faccia, e Ben rialzò le palpebre. Sebastian gli accarezzò la guancia, poi gli passò il pollice sulle labbra. «Ho ritmi folli e responsabilità che mi escono anche dalle orecchie, ma questo non significa che tu venga al secondo posto.»

Ben trasse un respiro tremante. Aprì la bocca, ma Sebastian ci premette sopra le dita e proseguì.

«Sei nei miei pensieri mentre sono al lavoro, quando passo a prendere Rosa, quando incasso le tue ricevute. Penso a te appena mi sveglio al mattino e quando mi metto a letto la sera. Leggo e rileggo i tuoi messaggi e i bigliettini che ci scambiamo in classe. Sto sveglio fino a tardi cercando di trovare un modo per ripagarti del tuo aiuto, cercando di trovare un modo per dirti quanto significhi per me. Quello che abbiamo condiviso nel bunker? Lo sognavo da mesi. Sogno di rifarlo con te ancora e ancora,» la sua voce divenne sempre più roca, «e ancora, fintanto che me lo concederai.»

Ben fece il giro del tavolo, tirò indietro la sedia di Sebastian e si insinuò tra le sue gambe. Prese tra le mani la sua testa splendida e lo baciò. Il cuore gli martellava nelle orecchie mentre le loro labbra si fondevano e una scossa di energia gli affluiva all'inguine. Interruppe il bacio, scostandosi di pochi millimetri, il suo respiro che si mischiava con l'ansito dell'altro ragazzo. Ben si allontanò un po' di più e Sebastian si sfiorò le labbra, senza smettere di fissarlo. Poi lo afferrò per la maglietta e lo attirò di nuovo a sé. Le labbra si schiusero e le lingue entrarono in contatto.

Ben trascinò in piedi Sebastian e lo guidò contro la lavagna, premendo il corpo al suo mentre si perdevano in un altro bacio profondo, le mani che vagavano lungo i fianchi.

«È un sì al mio invito?» mormorò.

Sebastian annuì e riprese a baciarlo.

Il sei Sebastian arrivò a casa di Ben con Rosa al seguito. «Kristina doveva lavorare, ma non volevo perdermi questa serata. Avrei dovuto mandarti un messaggio...»

Ben indicò alla bambina di attraversare l'ingresso per raggiungere Nico, che fece capolino dalla sala da pranzo. Non appena si fu avviata, attirò a sé Sebastian e lo baciò. «Siete entrambi i benvenuti qui. Non c'è bisogno di chiedere se puoi portarla. A me andrà sempre bene.»

Sebastian sorrise contro le sue labbra.

«Oh, aspetta. Rosa?» la richiamò Ben.

«Sì?»

«È San Nicola. Ti dispiacerebbe lasciare uno stivale accanto alla porta sul retro?» Fece l'occhiolino a Sebastian, poi guidò entrambi verso il patio. «Anche tu, Seb.»

Si sfilarono le scarpe e le sistemarono allineate sul bordo della veranda.

«Fa' come loro, Ben.» Sobbalzò nel sentire la voce roboante di suo padre, che sbucava da dietro l'angolo. «Sebastian.» Gli strinse la mano, e i due si soppesarono a vicenda. Sul viso di suo padre spuntò un gran sorriso, una vera rarità. «È bello poterti conoscere ufficialmente.»

«Grazie, signore. Anche per me,» replicò Sebastian, con una nota di agitazione nella voce.

Ben trovò uno stivale e lo piazzò tra quelli di zio e nipote. Poi prese per mano Sebastian, intrecciò le dita alle sue e lo condusse in sala da pranzo.

Si abbuffarono di oca ripiena, patate e broccoli. Sebastian trovò una buona sintonia con suo padre, stuzzicandone il senso dell'umorismo. Ben li osservò dibattere sulla saggezza di discutere di politica e religione a tavola e sprofondò felice nella sedia. Nico incrociò i suoi occhi e batté il pugno contro il suo sotto il tavolo, dopodiché sparì in cucina. Quando ricomparve, distribuì bottigliette d'acqua a tutti.

Ben scoppiò a ridere, seguito da suo padre. Fecero cozzare le bottiglie, e lui bevve un sorso senza distogliere lo sguardo da quello di Sebastian. Gli fece piedino sotto il tavolo e, per la sorpresa, il suo ragazzo si rovesciò l'acqua addosso. Tossì e si scusò, poi gli fece scorrere le dita del piede lungo il lato interno del polpaccio.

Mentre Nico, Rosa e suo padre ridacchiavano di qualcosa, Ben mormorò: «Dopo il dolce, ti va di andare a controllare com'è la connessione nel bunker?»

«È uscito il nuovo album dei Tepid Creek. Magari potremmo scaricarlo?»

Ben gli strinse le gambe attorno al piede.

Suo padre si scusò e si alzò da tavola, il resto di loro invece si concesse una porzione di dolce.

«Sono piena da scoppiare,» si lamentò Rosa. «Non potrei mangiare un altro boccone neppure se lo volessi.»

Nico fece un ruttino, seguito da un sorriso sfacciato.

Rosa si mise a ridere. «Argh, disgustoso.»

«Ti va di vedere gli ultimi fumetti che ho comprato?»

E i due sparirono insieme.

Ben guardò Sebastian da sopra al tavolo. «Forza, andiamo.»

Attraversarono in fretta la sala da pranzo e uscirono dalla porta sul retro. Alla fine del patio, Ben si chinò a prendere le scarpe e si bloccò nel notare che dentro una delle due c'era una bottiglia di birra. Seb osservava perplesso una delle proprie. Suo padre aveva infilato una bottiglia anche lì. Aveva perfino trovato un sacchetto di caramelle da mettere nello stivale di Rosa.

Attaccate alle bottiglie c'erano delle piccole buste. Ben

scambiò uno sguardo incuriosito con Sebastian mentre le aprivano.

Nella sua c'era un bigliettino scritto a mano. *Tienitelo stretto... è un tipo in gamba.*

Accanto a lui, Sebastian sussultò. Il foglio di carta gli tremava nella mano. «Lo sapevi?» gli chiese.

Ben scivolò dietro di lui, gli avvolse le braccia attorno alla vita e gli appoggiò il mento su una spalla. Lesse il testo stampato. Era qualcosa che suo padre aveva preparato in anticipo.

Aveva creato una borsa di studio per Rosa a nome della sua compagnia che avrebbe coperto i successivi sette anni di retta della Margot-Hof. Sotto ci aveva scritto: *Così potrai passare più tempo con il mio splendido figlio.*

«È troppo,» protestò Sebastian. Si girò e lo strinse in un abbraccio stritolante. Le sue parole solleticarono l'orecchio di Ben, che scosse il capo.

Suo padre comparve sorridente sulla soglia. «Come facevi a saperlo?» gli domandò lui, scostandosi un po'.

«Nico mi ha aiutato a mettere insieme i pezzi. Sono bastate un paio di chiamate... non è stato difficile.»

«È troppo,» ripeté Sebastian.

Il padre di Ben uscì sul patio e gli tolse le parole di bocca. «No, è la cosa giusta da fare. A che serve avere fortuna, se non puoi condividerla?»

Sedettero sulla panca nel bunker, fianco a fianco, bevendo la birra che suo padre aveva regalato loro e canticchiando le canzoni dei Tepid Creek. Ben tracciò con le dita il dorso della mano di Sebastian.

«Ho un regalino per Nico,» disse il ragazzo. Si piazzò la tracolla in grembo e ne estrasse un pacchetto incartato. A giudicare dalla grandezza e dalle proporzioni, Ben sapeva di cosa si trattava.

«Sono sicuro che starà benissimo nella sua collezione di fumetti.» Si inginocchiò sulla moquette e lo sistemò sopra la mensola apposita, dove Nico l'avrebbe visto alla vigilia di Natale. Si insinuò tra le gambe di Sebastian e gli accarezzò le cosce. Lui si chinò in avanti e fece cozzare i loro nasi, proprio come la notte che avevano trascorso insieme.

«Siamo stati interrotti, quella mattina,» mormorò Ben, il labbro inferiore che sfiorava il suo. «Volevo dirti che ti ho sempre visto in questo modo. Mi hai affascinato fin dal momento in cui ti sei seduto accanto a me alla nostra prima lezione di gruppo. Mi hai dato un colpo sul fianco e ti sei scusato mentre tiravi fuori i libri dalla borsa e cominciavi a prendere appunti. Hai riso quando il professore ha fatto una battuta arguta che ha capito meno di una manciata di studenti, hai scarabocchiato involontariamente il foglio, ma non ti sei fermato. E poi, senza nemmeno uno sguardo al resto dei presenti, hai messo via tutto e sei scappato.»

Sebastian gli rubò un bacio.

Ben continuò. «Dopo ogni consegna, controllavi i risultati della classe e, be', mi osservavi accigliato per un bel po'.»

«Hai alzato l'asticella con quel primo voto,» spiegò Sebastian con una smorfia. «Batterti è diventata la mia missione. Era la misura del mio successo... Scusa. Eppure, oltre a essere frustrato, ero colpito. Ti guardavo a lezione. Trovavo sempre un motivo per aggregarmi al resto del gruppo. Poi hai regalato a tutti i biglietti per quel festival.» Sebastian gli premette un palmo sul petto. «Mi sei inciampato sopra, ma sono *io* che sono caduto tra le tue braccia.» Gli tracciò una scia di baci dalla mascella all'orecchio. «E non mi sono mai rialzato.»

Ben gli fece scorrere le mani lungo i fianchi e lo attirò più vicino. Sebastian si fece più audace: gli saltò addosso, spedendolo dritto a terra e salendogli a cavallo del bacino.

Le loro risate si mischiarono fino a tramutarsi in baci. Con i polsi bloccati ai lati della testa, Ben si abbandonò alla mercé di Sebastian. Parole dolci gli soffiarono su una guancia. «Sono così fortunato a far parte della tua vita.»

Ben inclinò il capo per ricevere un bacio che sentì fino alla punta dei piedi. «Farò qualsiasi cosa per tenerti qui con me.»

~ **Fine** ~

I veri colori (Il vero amore #2): Leggete L'estratto A Seguire!

Siete curiosi di leggere la storia di Marco? Tornerà presto in "I Veri Colori", il secondo libro della serie "Il Vero Amore"!

Oskar era il migliore amico di Marco. Era tutto per lui. Il suo giallo sole.

Ma quello era prima. Prima che Marco smettesse di essere un ragazzo popolare. Prima che imparasse a convivere con le cicatrici e con il dolore. E prima che Oskar distruggesse la loro amicizia.

Ora il ragazzo della porta accanto è tornato, determinato a riallacciare i rapporti con lui, e Marco ha più paura che mai. Paura di essere ferito. Paura di essere umiliato.

Paura di innamorarsi.

Riuscirà Oskar a farsi strada tra quei timori, fino a raggiungere il suo cuore?

"I Veri Colori" è un romanzo M/M che include: da nemici ad amanti, ragazzi della porta accanto, prima volta, romance a "cottura lenta" e una generosa dose di tensione sessuale irrisolta.

È un libro autoconclusivo, con un lieto fine, che può essere letto a sé stante.

Ci sono parecchie cose di cui non sono sicuro.
Cose che sto ancora cercando di affrontare.
Che *riuscirò* ad affrontare.

Ma quello che so con assoluta certezza?

Io e Oskar? Quando tutto è cominciato, non ci odiavamo.

I veri colori

Tutto è cominciato tre giorni dopo il mio tredicesimo compleanno, a bordo dell'Audi e con il ghiaccio.

Mia madre, che stava canticchiando con poca intonazione Cyndi Lauper, smise di colpo. Mio padre urlò mentre la nostra auto slittava. Gli pneumatici stridettero e, con un fragore metallico, la strada innevata si ribaltò. La vista mi mancò per un istante, e poi definitivamente. Quando mi svegliai, il fumo denso che puzzava di gomma mi artigliò la gola e si insinuò nei miei polmoni. Avevo le orecchie che fischiavano, una morsa al petto e il grembo che bruciava.

Riuscii a mettere a fuoco il retro del sedile anteriore, dei vetri e una ciocca sciolta dei capelli rossi di mia madre, prima che le immagini si distorcessero in una foschia priva di forma.

Delle mani la squarciarono. Mani robuste e callose che mi avevano tenuto stretto centinaia di volte.

Mio padre mi stava tirando fuori dal nero rovente e assordante.

Mi correggo. Tutto è cominciato qualche settimana prima, con mia madre e il suo spettacolo teatrale.

Mi fermai sulla soglia dello studio di mia madre. «Posso giocare un po' a MazeStuff sul tuo iPad?»

Lei stava digitando sulla tastiera del portatile. Un paio di secondi dopo la stampante sopra lo schedario si avviò con un cigolio. «Non potresti fare qualcosa di diverso che fissare uno schermo?»

«Sei proprio l'esempio di vita perfetto, mamma.»

Le rughe d'espressione agli angoli degli occhi azzurri le si acuirono mentre si appoggiava allo schienale della sedia, a braccia conserte. Il suo sguardo divertito si posò sulla stampante in funzione. «Che ne dici se leggiamo il primo atto del nostro spettacolo natalizio?»

Emisi un lamento. I miei genitori dovevano proprio organizzarne uno ogni anno? «Una mezz'ora di MazeStuff?»

Lei scosse il capo e mi fece cenno di recuperare i fogli stampati. Obbedii con riluttanza, strascicando i calzini sul tappeto in una maniera che lei odiava.

Spense il portatile e mi ammonì con un'occhiata. «Vedi di cambiare atteggiamento, Marco. Altrimenti puoi scordarti di usare il mio iPad.» Afferrò i fogli che tenevo sospesi sopra la scrivania. «In più sarà divertente. Questa trama la sto scrivendo per te. Parla di due pirati nemici che si lanciano all'avventura in mare aperto alla ricerca del tesoro perduto di Lord Large. Niente e nessuno potrà fermarli eccetto i loro cuori... ammesso che ce li abbiano.»

Sbuffai. «Pirati? Ho praticamente tredici anni.»

A quell'affermazione, lei si accigliò. «Ma tu adori i pirati.»

«Li adoravo. Adesso adoro MazeStuff.»

Mia madre alzò gli occhi al cielo. «Bel tentativo. Scordatelo. Sul serio, niente pirati?»

«Scusa,» le risposi con una scrollata di spalle. «Avresti dovuto parlarmene prima di cominciare a scriverla.»

Un mugugno gutturale seguì un sorriso. «Ci ho provato, solo che sei scappato via con Oskar. Lo fai di continuo.»

Un vago ricordo di quando me l'aveva chiesto mi ritornò alla mente, ma era successo in una giornata d'inverno in cui io e Oskar volevamo giocare a basket, visto che non pioveva. «Niente pirati, mamma. Che ne dici se ti aiuto a trovare una nuova idea per una decina di minuti, e in cambio tu mi presti l'iPad per una ventina?»

«Non ti arrendi mai.»

Si mise a ridere, strappando un grosso sorriso anche a me. «È un sì?»

«Sono una madre terribile.» Arrotolò il primo atto della rappresentazione e lo gettò nel cestino della carta con un sospiro. «D'accordo. Ragioniamo insieme per un quarto d'ora e poi ti lascio giocare a MazeStuff.»

Lasciate che ci riprovi. Tutto è cominciato la settimana prima dell'incidente, il giorno del mio primo colore. È cominciato con il giallo sole e con lui.

"I VERI COLORI", SECONDO LIBRO DELLA SERIE "IL VERO AMORE"!

L'autrice

Sono una grande, GRANDISSIMA fan dei romance a "cottura lenta". Amo leggere storie dove i personaggi si innamorano pian piano.

Alcune delle situazioni di cui preferisco leggere e scrivere sono: da nemici ad amanti, da amici ad amanti, ragazzi che proprio non vogliono saperne di cogliere i segnali, bisessuali, pansessuali, demisessuali, tutti (gli altri) se ne sono accorti, l'amore non ha confini.

Scrivo storie di vario genere: romance contemporanei con una buona cucchiaiata di angst, romance contemporanei spensierati e, a volte, persino storie con una spruzzata di fantasy.

Se volete saperne di più sui miei libri, visitate il mio sito: www.anytasunday.it.

O SE CERCATE QUALCOSA DI DOLCE E SCANZONATO…
IL LEONE AMA L'ARIETE

"Il Leone ama l'Ariete" è un romanzo M/M dolce e a "cottura lenta", con un lieto fine. È un New Adult con ambientazione universitaria, Gay For You, da amici ad amanti, ed è autoconclusivo.

Una nuova persona entrerà nella vostra vita all'inizio dell'anno; guardate oltre i momenti di frustrazione e ridete, Leoni: potrebbe sbocciare un'amicizia duratura.

Ogni volta che sua madre gli manda l'oroscopo, Theo Wallace si limita a riderci su. Considerato però che non ha ancora scordato la sua ex ragazza e che è praticamente senza amici, questo oroscopo in particolare rischia di farlo ricredere. Perché l'idea che un'amicizia duratura possa sbocciare e fiorire…

Be', sarebbe un'ottima ragione per lasciarsi alle spalle i dolori del passato e guardare avanti a uno splendido futuro.

Quando sua sorella Leona lo sfida a trovarle il ragazzo perfetto per un matrimonio in primavera, Theo approfitta dell'occasione per farsi dei nuovi amici. Il suo ex tutor di Economia e nuovo coinquilino, il signor Jamie Cooper, parrebbe il candidato giusto al momento giusto. Nel posto giusto. Così giusto che sembra scritto nelle stelle.

Non deve far altro che assicurarsi che Jamie sia all'altezza di sua sorella. Che possa davvero essere la persona perfetta per lei, e un buon amico per lui.

Ma fate attenzione, Leoni: le stelle hanno in serbo una sorpresa…

www.ingramcontent.com/pod-product-compliance
Lightning Source LLC
Chambersburg PA
CBHW030556130626
46552CB00006B/2567